大家小小书

篆刻　王兴家

中国历史小丛书

主　　编	吴　晗			
编　　委	丁名楠	尹　达	白寿彝	巩绍英
	刘桂五	任继愈	关　锋	吴廷璆
	吴晓铃	余冠英	何兹全	何家槐
	何干之	汪　篯	周一良	邱汉生
	金灿然	邵循正	季镇淮	陈乐素
	陈哲文	张恒寿	侯仁之	郑天挺
	胡朝芝	姚家积	马少波	翁独健
	柴德赓	梁以俅	傅乐焕	滕净东
	潘絜兹	戴　逸		

新编历史小丛书

主　编	戴　逸			
副主编	唐晓峰	王子今	黄爱平	
总策划	高立志	吕克农		
编　委	李洪波	李鹏飞	沈睿文	陈建洪
	杨宝玉	徐　刚	聂保平	郭京宁
统　筹	王铁英			

新编历史小丛书

志怪与传奇

李鹏飞 著

北京出版集团
北京人民出版社

目　录

六朝志怪略说…………………………………… 001
汉译佛典与六朝小说…………………………… 036
唐人小说与唐人传奇…………………………… 053
绵延千年的想象力
——文言志怪传奇小说的奇幻世界………… 062

六朝志怪略说

一、"志怪小说"的含义

"志怪小说"这一名称最早是由鲁迅确定的。1924年7月,鲁迅在西安讲授中国小说史(讲义出版为《中国小说的历史的变迁》),第二讲的题目就叫作"六朝时之志怪与志人"。在讲授中,鲁迅几次提到"六朝志怪的小说"与"六朝的志怪小说"这样的名称,这就是"六朝志怪"与"志怪小说"名称的由来。

所谓六朝,一般指中国历史上三国时期的吴、东晋和南朝的宋、齐、梁、陈这六个朝代(222—589),因为这六个朝代都曾在今南京建都,所以被相提并论,但我们其实可以把六朝宽泛地理解为从三国时代到隋朝这一历史时期。因此,"六朝志怪"就是指这一时期流行于中国南方地区的"志怪小说"。但"志怪小说"并非仅仅存在于六朝时期的中国南方地区,在六朝以前的汉代以及六朝以后的唐代,在江南以北的北朝地区,都曾出现甚至流行过"志怪小说",只不过在六朝时代,"志怪小说"大量出现,具有很高的代表性,所以我们才会更频繁地使用"六朝志怪"这样的说法。在这里,笔者更倾向于使用不受时代与地域限制的"志怪小说"这一名称来指称我们所要论述的对象。

那么,"志怪小说"这一名称的含义究竟是什么呢?

且让我们先从"志怪"这两个字说起。

在存世的六朝"志怪书"中,至少就有祖台之《志怪》、孔氏《志怪》、殖氏《志怪记》、曹毗《志怪》、无名氏《杂鬼神志怪》这样一些高度相似的书名,其中"志怪"的"志"就是指"记录","怪"则是指"怪异的事情或事物",比如鬼魂、精怪、神仙和其他一切超出常情常理的事物。而跟"志怪"的意思大体相同的一个词语则是"述异",这是六朝时代另一些"志怪书"的书名。不管是"志"还是"述",都包含着中国古代史官所推崇的"实录"观念,亦即对看到的、听到的或者读到的事情加以如实

的、客观的记录,不刻意进行主观的、个人化的修改与润色。因此,鲁迅曾指出:

> 须知六朝人之志怪,却大抵一如今日之记新闻,在当时并非有意做小说。①

也正因为如此,这些依照史官的"实录"原则记载而成的"志怪书"在当时以及隋唐人的目录学著作中都被归入史部,被看作史传的一个种类,到唐代以后才被归入"小说"的名下。而"小说"这一名称,则从汉魏一直到唐宋时代都是用来指那些不同于经史大道的琐碎浅薄言论,跟今天我们所理解的作为叙事虚构性文体的"小说"并不是一回事。然而,因为这一类"志怪书"的内容毕竟跟今天我们所说的文学性的"小说"颇为接近,因此鲁迅所提出的"志怪小说"的"小说"这一概念应该仍跟现代意义上的"小说"大体一致。需要注意的是:今天的"小说"可以有意进行虚构,而六朝时代的"志怪"却并不有意进行虚构,至少其虚构的行为一般都不是发生在

---

① 鲁迅《中国小说的历史的变迁》第二讲《六朝时之志怪与志人》。

当时的文人把它们记录下来的时刻。这么说的意思是：对于那些内容十分荒诞离奇的"志怪小说"而言，虽然它们不是来自某位记录它们的六朝文人的虚构，但终究还是来自于某一位我们所无法确知的无名作者的虚构。比如说下面这样的故事：

> 昔番阳郡安乐县有人姓彭，世以捕射为业。儿随父入山，父忽蹶然倒地，乃变成白鹿。儿悲号追，鹿超然远逝，遂失所在。儿于是不捉弓终身。至孙，复学射。忽得一白鹿，乃于鹿角间得道家七星符，并有其祖姓名，年月分明。视之愧悔。乃烧去弧矢。

这个故事被记载在《列异传》这部"志怪书"中，此书据说是魏文帝曹丕所编撰的。

从上引这个故事的叙述形态与情节内容来看，我们判断它不会是出自曹丕的虚构或创作，它应该是一个传说，被曹丕听到了之后，如实地、简要地记录下来了，这就是所谓的"志"或者"述"。但这个故事的内容却十分荒诞离奇：一个老猎人进山打猎时，突然在他儿子的眼皮底下变成了一头白鹿。后来他的孙子射杀了这头白鹿，发现它正是自己的祖父。这是一个人类变成动物的故事，这样的事情当然绝不可能在现实生活中发生，也绝不会是任何人亲眼所见。因此我们断定：这个故事最初乃是被某个无名氏所虚构出来的①。从这个角度而言，"志怪小说"在本质上仍然是虚构性的故事。

二、"志怪小说"的编撰者及其动机与态度

那么"志怪小说"的最初虚构者们为什么会创造出这些荒诞离奇的故事呢？他们相信这些故事是真实的吗？而故事的记录者，那些六朝时代的文人们，又为什么要去记录这样一些故事呢？他们相信这些故事的真实性吗？

要彻底地解答这些疑问目前还有一些困难，这里只能结合学术界已有的研究做一些简要的说明。

一般说来，志怪小说的最初编撰者主要是教

---

① 在上引文本中出现的"道家七星符"，是画有北斗七星图案的一种道教符箓，据此来猜测的话，这个故事的最初虚构者或许是一个道士。

徒和文人。教徒又大致可以分成三类：一类是民间宗教的信徒，他们从中国古老的"巫觋"演变而来，有着泛神论的信仰，掌握各种巫术，号称能跟鬼神打交道。第二类是信仰神仙之说的道教徒，这类人是从东汉以来随着道教的形成迅速崛起的一股势力。第三类是佛教徒，这一类人是在佛教传入中国之后才逐步出现的，尤其在东晋时期中国人出家为僧的禁令解除以后，他们的数量更是大大增加。这三类教徒为了"自神其教"，宣扬他们所信仰的宗教主张，并扩大各自所信仰的宗教的势力，便都"张皇鬼神，称道灵异"，创造出大量的鬼神故事，也编撰出大量的"鬼神志怪之书"。我们可以试着从一些志怪小说中来寻找以上这种观点的证据——

寿光侯者，汉章帝时人，劾百鬼众魅。有妇为魅所疾，侯劾得大蛇；又有大树，人止之者死，侯劾树，树枯，下有蛇，长七八丈，县①而死。

汝南有妖，常作太守服，诣府门椎鼓，

---

① 县：通"悬"，悬挂。

郡患之。及费长房知是魅,乃呵之。即解衣冠叩头,乞自改,变为老鳖,大如车轮。长房令复就太守服,作一札,敕葛陂君,叩头流涕持札去。视之,以札立陂边,以颈绕之而死。

这两个故事都被记载在《列异传》中,其中所提到的寿光侯与费长房都是巫师,他们可以通过"劾"、"呵"或"敕"(书写符咒)等手段来制服鬼魅精怪。其中费长房的故事尤为著名,曾被东晋葛洪所撰的《神仙传》收录,又被载入《后汉书》的"方术列传"之中①,据说他曾遇到一位仙人,但他没能通过仙人给他设置的几次考验,于是失去了成为仙人的机会,却从此获得了控制并驱使鬼神的能力。我们可以看到,这个故事的主要意图在于鼓吹巫师制服鬼魅精怪的超凡能力。我们完全有理由相信:它们的最初编造者有可能就是抱有民间巫术信仰的巫师或者方士。

我们再来看如下这样一个例子。在刘宋时

---

① 《后汉书》是南朝刘宋时代的史学家范晔所撰,此书的"方术列传"收录了不少志怪故事。

期刘义庆编撰的《幽明录》中,收录了一篇包含了误入仙境母题的志怪故事:一个人意外地坠入了隐藏于深深洞穴之下的"仙馆"之中,遇到了两位正在下围棋的仙人,他们给这个人喝了一杯白色的"玉浆",令他的力气成十倍地增长。但他不愿意留在仙境,于是在仙人的指引下,花了半年时间走出了仙境,却发现自己来到了"蜀中",这里离他堕入仙境的地点(洛阳南部的嵩山)大概有两千里路程。

从汉末以来,"服食"一直是道教徒修炼活动中的重要内容——某些特定的植物与矿物被认为具有延年益寿,甚至让人成仙的奇特功效,于是他们便长期服用这些药物。关于"服食"药物的详细记载见于东晋著名道士葛洪所著《抱朴子》一书的"仙药"篇中。在上面所提到的这则故事中,"玉浆"和"龙穴石髓"显然是用来服食的仙药,但又不是现实世界中存在的物品,其名称和功效都被赋予了神异的色彩。因此,具备如此特征的志怪故事的原始创作者也很可能就是从事服食修炼活动的道教徒了。

出于跟道教徒几乎完全相同的心理动机,南北朝时期迅速崛起的佛教徒群体也编撰了大量的"释氏辅教之书",其内容则"大抵记经像之显效,明应验之实有"(《中国小说史略》第六篇),宣扬佛教经文与佛像的神奇力量,证明因果报应之类佛教观念的真实性。比如以下这两则出自刘义庆所编《宣验记》中的短篇故事便明确表达了这样的创作意图,我们可以推测其最早的创作者应该是佛教徒或者佛教的世俗信仰者:

> 宋元嘉中,吴兴郡内尝失火。烧数百家,荡尽;惟有经堂草舍,俨然不烧。时以为神。

> 史隽有学识,奉道而慢佛。常语人云:"佛是小神,不足事也。"每见尊像,恒轻诮之。后因病脚挛,种种祈福,都无效验。其友人赵文谓曰:"经道福中第一,可试造观音像。"隽以病急,如言铸像。像成,梦观音,果得差①。

第一则故事中所提到的"经堂"是指存放佛经的房舍,当周围的房子全都毁于火灾的时候,唯独

---

① 差:同"瘥",病愈。

这所"经堂"安然无恙。第二个故事则宣称铸造观音像帮助一个人治愈了腿脚痉挛的毛病——观音是佛教诸菩萨中十分著名的一位,观音信仰在南北朝时期十分盛行,并因此出现了大量有关观音显灵应验的故事。在这个故事中,有一个细节很值得我们注意:这就是那个叫史隽的人最初是"奉道而慢佛"的——也就是信仰道教而轻视佛教——但当他得病之后,道教没能治好他的病,佛教却把他治好了:这样的情节安排明白地显示出新兴的佛教势力对道教信徒进行劝化与争取的努力。无独有偶,刘义庆的《幽明录》中也记录了一个类似的故事,表现的乃是佛教徒凭着其特定的信念对巫师群体所进行的劝导:

> 巴丘县有巫师舒礼,晋永昌元年病死,土地神将送诣太山①。俗人谓巫师为道人,路过冥司福舍前,土地神问吏:"此是何等

---

① 巴丘县在今江西省崇仁县境内。文中永昌指东晋时晋元帝年号,永昌元年是公元322年。土地神是中国从古至今民间普遍信仰的地域性神灵,几乎每一个村落都有土地神和土地庙。太山即山东省泰安境内的泰山,东汉以来,中国人认为人死后鬼魂会被送到这里的地府进行管理。地府的最高统治者被称为泰山府君。这本是中国民间的一种信仰,后来被道教所收容。

舍?"吏曰:"道人舍。"土地神曰:"是人亦道人,便以相付。"礼入门,见数千间瓦屋,皆悬竹帘,坐置床榻,男女异处,有诵经者,呗偈者,自然饮食者,快乐不可言。礼文书名已到太山门,而身不至,推问土地神,神云:"道见数千间瓦屋,即问吏,言是道人,即以付之。"于是遣神更录取,礼观未遍,见有一人,八手四眼,提金杵,逐欲撞之,便怖走。还出门,神已在门迎,捉送太山。太山府君问礼:"卿在世间,皆何所为?"礼曰:"事三万六千神,为人解除祠祀,或杀牛犊猪羊鸡鸭。"府君曰:"汝佞神杀生,其罪应上热熬。"使吏牵着熬所,见一物,牛头人身,捉铁叉,叉礼著熬上宛转,身体焦烂,求死不得。已经一宿二日,备极冤楚。府君问主者:"礼寿命应尽?为顿夺其命?"校禄籍,余算八年。府君曰:"录来。"牛首人复以铁叉叉著熬边。府君曰:"今遣卿归,终毕余算;勿复杀生淫祀。"礼忽还活,遂不复作巫师。

这是一篇信仰背景颇为复杂的志怪故事,需要进行详细的解说才能弄清它的全部意义:首先需要说明的一点是,这个故事发生的地点"巴丘县"位于今天江西省的北部,在战国时代这里属于楚国统治范围内的南方地区,在这里,巫蛊之风盛行,这种风气一直延续到非常久远的后世。这个故事的主人公舒礼的职业正是一名奉事所谓"三万六千神"的民间巫师,他因为职业的需要,免不了要经常"杀牛犊猪羊鸡鸭",来祭祀民众所信仰的众多的神灵,这就是故事中太山府君斥责舒礼时所说的"佞神杀生"之举。对舒礼这种身份的人,当时的民众口头上习惯称之为"道人"。而很有意思的则是:当时人们也把佛教的僧徒称为"道人"——从志怪小说中可以找到不少确凿的证据来证明这一点——这种称谓上的混同被这篇志怪故事的创作者加以了巧妙的利用,于是我们便看到了如下富有意味的故事情节:舒礼病死之后,他的灵魂被土地神送往太山的阴曹地府进行处置。当他们经过"冥司"(地府)的"福舍"(享福的人居住的房舍)时,土地神从管理"福舍"的官吏口中得知这是"道人舍"("道人"居住的房舍),便把舒礼交给了他，舒礼得以进入了"道人舍"，看到里边的人们在"诵经""呗偈"（指佛教徒在读经、唱偈），生活十分快乐。但掌管地府的官吏很快就发现了舒礼进入"道人舍"这一错误，便派"八手四眼，提金杵"的力士把舒礼捉到了太山府君面前，根据他生前所犯"佞神杀生"之罪，给他上了铁床炙烤的酷刑。在这里，我们还要特别注意这样一个细节：把舒礼放到铁床上去烧烤的是一名"牛头人身，捉铁叉"的恶鬼。舒礼虽然受了酷刑，但因未到命定的死期，最终被放还人世，他又活了过来，但从此再也不做巫师了。我们可以看到，在这个故事中，来自中国古老民间信仰的泰山地府竟然被佛教的特有因素给改造了：首先，那些佛教徒死后进入地府后，仍然过着读经唱偈的快乐生活，而生前杀生祭神的巫师舒礼则遭受了只有在佛教的地狱里才会遭受的酷刑。其次，地府的力士与鬼卒的形象及其所持的器械也来自佛教的地狱传说。最后，泰山府君警告舒礼返回人世之后不可再"杀生淫祀"，这也还是佛教所固有的禁止杀生的戒律。这样的改造充分显示出崛起中的佛教势力向中国民间宗教信仰的渗透和挑战，而编造这样的志怪故事则成为进行渗透和挑战的重要手段。

各类教徒创作志怪故事的动机既然如上所言,那么他们对这些故事的真实性应该大都是相信的,否则我们无法解释他们实际的信仰行为。不过,这里所说的"真实性"并不是指他们曾经目睹过或者经历过那些奇特的故事,而是指他们相信这些事情会发生或者可能会发生。此外,我们也不排除有些教徒并不真正地相信他们所编造或所听到的故事,比如巫师们,就未必都相信那些鬼神的故事,但如果他们表示自己不相信鬼神的存在的话,那他们就将失去他们所赖以谋生的职业了。

接下来我们要讨论一下编撰"志怪书"的文人的动机与态度。从现存有限的文献资料来看,不少编撰志怪小说集的文人往往也是某一宗教的信徒,或至少也是有神论者。六朝志怪最重要的代表作——《搜神记》的编撰者干宝就是一位这样的文人:他作为东晋初期著名的史学家,却性好阴阳术数之学,是一位有神论者。从《晋书》卷八十二《干宝传》的记载来看,他之所以要编撰《搜神记》这样一部"撰集古今神祇灵异人物变化"的书,乃是因为他曾有过以下这样两次神

奇的"经历":

> 宝父先有所宠侍婢,母甚妒忌,及父亡,母乃生推婢于墓中。宝兄弟年小,不之审也。后十余年,母丧,开墓,而婢伏棺如生,载还,经日乃苏。言其父常取饮食与之,恩情如生,在家中吉凶辄语之,考校悉验,地中亦不觉为恶。既而嫁之,生子。又宝兄尝病气绝,积日不冷,后遂悟,云见天地间鬼神事,如梦觉,不自知死。宝以此遂撰集古今神祇灵异人物变化,名为《搜神记》,凡三十卷。

根据常情常理来推断,这两件事情的真实性都很值得怀疑,尤其第一事绝无可能,具备鲜明的志怪色彩,大概是基于《搜神记》本身的志怪性质而滋生出来的传闻。但从干宝为《搜神记》所作的序来看,他又是秉着史学家的严谨态度来编撰这部书的,他的资料来源主要是前代记载与近世传闻。在这篇序的末尾,他说了一句被后代的小说研究者屡屡引用的话:

> 及其著述，亦足以明神道之不诬也。

这就是说：干宝希望通过《搜神记》的编撰来证明鬼神是确实存在的，鬼神通过各种奇特的方式来对人事进行预示或告诫也是真实可信的。

同样活动于东晋时期而年代稍晚于干宝的葛洪，则是一位地道的道教徒文人，他编撰了志怪色彩浓厚的《神仙传》，他在此书的"自序"中明确地说了他编这部书的目的乃是为了说明"仙化可得，不死可学"，并驳斥把神仙之事当成"妖妄之说"的世俗之见。他还撰写了一部重要的道教理论著作《抱朴子》，其《内篇》的二十篇都是阐述道教的服食修炼学说的，志怪色彩也相当鲜明。

六朝时代最重要的佛教题材志怪小说是南齐王琰所编撰的《冥祥记》，搜集了从汉代到南齐时期的大量佛教故事，包括观世音应验、佛经显灵、高僧神迹、因果轮回、游历地域等各类故事。王琰在此书的序言中也交代说：他作为一名佛教信徒，亲身经历了一系列佛像灵异事件，于是编撰了这一部宣扬佛法的书。南北朝时期类似《冥祥记》这样的佛教志怪书还有不少，它们的编撰者大抵都是如同王琰这样的佛教信徒式的文人,对于这些人,这里就不再一一介绍了。

从以上的论述我们不应得出这样的结论:那就是六朝志怪的创作者或者编撰者似乎全都是宗教徒或者宗教徒式的文人。事实上,很多六朝志怪故事的创作者或编撰者的情况我们都一无所知,因此也无法弄清它们被创作出来的具体背景和原因。只知道它们是一个特定时代中民众信仰与观念的产物。

此外,我们也不应该误以为:在六朝时代所有的人都相信这些志怪故事的真实性。事实上,从东汉王充的《论衡》一直到南朝齐梁时代范缜的《神灭论》,反对鬼神观念与佛道信仰的言论从来都没有消失过。我们甚至在志怪故事中也可以看到"无鬼论者"的活动踪迹:

> 宗岱为青州刺史,禁淫祀,著《无鬼论》甚精,莫能屈。后有一书生葛巾修刺诣岱,与谈论,次及《无鬼论》,书生乃振衣而去曰:"君绝我辈血食二十余年,君有青牛髯奴,所以未得相困耳。奴已叛,牛已死,今日得相制矣。"言绝而失。明日而岱亡。

这个故事出自东晋裴启所撰的《裴子语林》，讲述了"无鬼论者"宗岱被鬼害死的离奇故事。刘义庆的《幽明录》也收录了一则与此几乎完全相同的故事，只不过故事主人公变成了另一个"无鬼论者"阮瞻①，他最后也被恶鬼给害死了。那么，我们是不是可以推测：这个故事大概正是被"无鬼论者"威胁到了其职业生涯的巫师、方士们所编造的吧？而这些"无鬼论者"，自然也该是一些不相信志怪故事真实性的人了。

三、志怪小说的主要类型及其特点

如上文所言：归根结底，六朝志怪乃是来自于虚构，其最初的创作者出于某种动机虚构出了这些故事。因此，这些故事中仍然包含着最初作者个人的创造性在内。前文又引用鲁迅的观点指出：六朝志怪的记录者们并没有小说创作的自觉意识，他们只是如实地、简要地记录下他们所听到或看到的离奇故事。但在这些志怪故事被记录下来的过程之中，这种最初的创造性仍会部分得以保留下来，比如奇幻的想象力、独特的故事情

---

① 阮瞻是西晋人，其父是"竹林七贤"之一的阮咸。

节、特定的结构模式等等。因此,虽然中国学界大都把六朝志怪视为小说的雏形,但笔者以为,我们仍然可以把它们当作叙事艺术作品来加以分析。

考虑到六朝志怪的数量比较庞大,题材也多种多样,要进行全面详尽的介绍颇为不易,因此这里只能选择几个重要的类型来加以介绍。

(一)精怪小说

精怪题材是中国古代小说最重要的题材之一,在六朝志怪中就已经很常见了。所谓"精怪",是指某一事物获得了变化能力,能变成人类或者其他动物,其中尤以动植物或无生命之物变成人类的情况比较多见。从东汉到东晋时代,人们都认为事物日久年深之后便能获得变化成人的能力,王充的《论衡》、干宝的《搜神记》与葛洪的《抱朴子》中,都曾提到过这样的观念。东晋著名文人郭璞在他的志怪小说集《玄中记》中记载了很多具体的例子,也表达了这一观念:

> 千岁树精为青羊,万岁树精为青牛,多出游人间。

狐五十岁，能变化为妇人。百岁为美女，为神巫。或为丈夫与女人交接。能知千里外事。善蛊魅，使人迷惑失智。千岁即与天通，为天狐。

百岁鼠化为神。

这样的例子在葛洪的《抱朴子》中也收录了不少，完全没有任何故事性，只是简单地叙述一个奇异的"事实"，告诉人们事物的变化能力跟其生存时间的长短是成正比的，而且"千年"往往是决定变化能力强弱的重要时间节点。这种"事实"在当时情节更为复杂的志怪小说中也已经出现了，并且成为故事情节发展的重要动力，比如干宝《搜神记》所收录的一篇叫"斑狐书生"的故事。

这个故事的主人公之一张华是西晋著名的文学家与博物学家，他曾编撰了著名志怪小说集《博物志》，因此便成了博学之士的代表，也成为许多志怪故事中频频登场的博学型人物，熟知世人所不知的各种奇闻异事。在这个故事中，张华同样也表现出了他对于精怪世界奥秘的深入了解。此外，从讲述方式而言，六朝的精怪小说绝大部分都是从人类的视角来叙述他们遭遇精怪的经历，但这一篇小说却令人意外地从狐精的角度来展开叙述：燕昭王墓前有只千岁斑狐，变成书生，准备去拜访大学者张华。临行前来征询墓前千年华表的意见——华表是木头制成的，历经千年之后也成了精，是斑狐的邻居——精怪们似乎也活动在某个特定的交际圈之内。斑狐和华表看起来都具备超常的感知能力，对人类的情况颇为了解，他们都久闻张华博学之名，不同的是：斑狐出于对张华的崇拜与个人的自负，一意孤行要去拜访张华，华表则预感到事情的结局必然不妙，还会殃及自身的安全，但它无法阻止斑狐的行动。斑狐书生见到了张华，张华并不像很多志怪小说中的巫师那样具备强大的法力，一眼就能看出书生是狐精。他是因为对书生过于渊博的学识发生了怀疑，认为他不是鬼魅，就是狐狸——我们不知道这一判断的理由从何而来，难道年轻人拥有渊博的学识就显得如此反常吗？——从斑狐对张华的反驳来看，似乎这篇小说的作者意欲讽刺张华妒贤嫉能，然而历史上的张华却是以礼贤下士、奖掖后进而闻名的。当张华的朋友雷焕建议他用狗来迫使书生现出原形时——因为狐狸怕狗,很多狐精都是因为遇到狗而露出原形的——张华则指出狗只能震慑数百年的精怪,对千年精怪就无能为力,只有用千年的木头点燃之后才能照出其原形。于是他想到了那根已表露过先见之明的千年华表,派人去取来点燃,照出了书生的原形。张华的使者去取华表的细节十分有趣:他从华表上的洞穴中抓到了一个两尺高的青衣小儿,带到洛阳,青衣小儿便变成了一段枯木。我们注意到:千年华表跟千年斑狐变成人的方式很不一样,斑狐整体上变成了书生,而华表的一部分变成了青衣小儿。看起来,华表的变形代表着更原始的观念:在古代中国和欧洲,都曾出现过物体中的"精灵"变成人的观念,而不是物体本身直接变成了人。总之,青衣小儿的细节乃是这个故事中最令人感到惊奇的部分。此外,这个故事中最令人困惑的乃是:一条普通的狗可以对付数百年的精怪,千年的狐精却又无法抗拒同为千年精怪的华表木,而这两个修炼千年的精怪最终又都无法对付一个毫无法术的普通人,这个普通人制服精怪的手段却又是利用精怪来制服精怪!这些故事情节的背后究竟隐藏着什么样的观念逻辑呢？是体现了中国古老的五行相生相克的原则吗？对这些问题现在还无法加以回答，需要做更进一步的研究。

若就基本的故事模式而言，六朝的精怪小说十分普遍地讲述精怪变化成人类，然后以各种方式进入人类的生活，去迷惑人类的男性或女性，最后原形败露，变成动物狼狈逃离，或者被巫师用法术杀死。但在这个故事中，斑狐则是怀着展示自己才华学识的愿望而来到人类的面前，其行为也算彬彬有礼，但最终也难逃一死。这一模式或多或少都暗含着怀抱自我中心主义立场的人类对于动物世界的某种敌意。我们注意到斑狐书生在抗拒张华的恶意时说过"墨子兼爱"这句话：我们是否可以将其理解为斑狐是在要求张华对人类和动物都应抱有同等的仁爱之心呢？在魏晋南北朝时期，这样的要求显然只能是一种奢求，一直要到中唐时代的精怪小说中，人类对动物精怪的态度才发生较大的改变，这是以人类与动物精怪之间的爱情作为其主要标志的。此后再进一步发展到清代蒲松龄的《聊斋志异》，人类与精怪之间的爱情纠葛便成为十分普遍的情节，动物精怪不仅在感情的真挚深厚上超越了人类，还比人类具备更高的才能与道德水平。

（二）鬼魂故事

鬼魂观念有着世界范围的普遍性，在中国，这一观念十分古老而复杂，根据古代史学家和儒家学者的看法，人的生命包括肉体和精神两个部分，精神的部分又分为"魄"和"魂"，"魄"是依附于肉体而存在的"灵"，是阴性的，人死后"形魄"归于地；"魂"则是依附于精气而存在的"神"，是阳性的，人死后"魂气"归于天。鬼魂应该正是人死后离开了形体之后的"魂气"所形成的。从东汉以来，民间的传说普遍认为人死后灵魂被送往泰山的阴曹地府，这里是所有鬼魂的最终归宿。然而，我们从大量民间传说和志怪故事中所看到的情形则是：鬼的归依之地主要还是坟墓，但鬼作为像烟雾一样的魂气，又能随意行动，无往不至，无处不在。他们跟人类混杂而居，但一般只能在夜间出没，而且他们似乎跟空气融为一体，人类不容易看到他们。不过，这种情况也不是绝对的，在志怪小说中，人们对于鬼魂的想象是十分丰富多彩的。

一般说来，中国人说起鬼魂，都怀着惧怕的

心理，因为这一事物毕竟跟死亡紧密相连，活人遇到鬼往往成为死亡的先兆，这一类故事在六朝志怪中俯拾即是，这里就无须举例了。然而，六朝民众对于鬼的想象的丰富性远远超出我们的意料。比如《列异传》就收录了一则著名的"不怕鬼"故事——宋定伯卖鬼。其实，"不怕鬼"并不是这个故事中最引人注目的部分，其引人注目的乃是：这里边出现的这个"鬼"在活人面前竟然幼稚轻信如一个儿童，不具备任何超自然的能力，不仅未能危害宋定伯，反而被宋定伯用最简单的巫术变成了一头羊，还被拿来卖钱。鬼能被变成羊，这实在是令人诧异的新奇的想象——鬼怕唾、怕血，甚至怕火，但我们极少看到这些手段能令鬼变成羊的说法。这个故事中，宋定伯用来欺骗这个鬼的理由也颇为奇特：他一再声明自己是新死鬼，因此还具有一些人的特征，也不熟悉鬼的特点，似乎鬼也有着跟人一样随着时间推移而发生的变化与生活经验的积累。而那个真正的鬼竟然还相信了宋定伯的这一番"鬼话"，反而不像个真正的"鬼"！这个故事让我们看到，在当时人看来，人鬼混处乃是常态，人遇到鬼，既不离奇，也不可怕，说不定还有可能发生一段富有喜剧感的故事呢。

用类似的充满喜剧感的方式来想象鬼魂的例子还可举出《幽明录》中的一个"新死鬼"的故事：这个故事中出现了一个真正的"新死鬼"，他因为没经验，以至于弄不到吃的，饿得面黄肌瘦。这时他遇到了一个有了二十年做鬼经验的"老鬼"，生前他们是朋友，他得到这位"友鬼"的指点，去人家推磨，结果这家人信佛，并不怕鬼，他未能得到任何食物。接着他又去一户道教徒家里舂米，同样空手而归。他责怪"友鬼"的法子不灵，"友鬼"告诉他不要去奉佛事道的人家"作怪"。于是他去了普通百姓家，把狗抱起来在空中行走，这家人请巫师占卜，知道是有鬼作怪，便按巫师的指点杀狗备酒饭祭祀这个鬼，于是他得以大快朵颐。从此便经常如法炮制以获得食物。

在六朝时期模式化的鬼魂故事中，这个故事令人耳目一新：一般说来，鬼魂的世界是人类无法看到，也无法参与进去的，除非某人死而复生，去鬼的世界转了一圈，又重回人类世界。这就意味着讲述鬼魂故事时，不太可能从鬼魂的角度来讲，而只能从人类的视角来讲，但这个鬼故事则完全从鬼魂的角度来讲述，似乎这个叙述者对鬼魂世界的了解一点也不亚于他对人类世界的了解——但实质上则是叙述者从鬼魂视角来想象鬼魂世界的行动逻辑，想象人类对鬼怪事件的反应，从而以直观的方式来解释人世间怪异现象发生的原因以及人类应对这类现象的不同方式。在此，这种差异及其后果被认为跟人的信仰有关，故事所暗含的主张应该是：佛教徒和道教徒可以避免鬼魂作怪的危害，但信仰巫术则会造成财物的损失。

此外，这个故事中，鬼魂视角的运用让鬼魂从暗处来到了明处，人类反而进入了暗处，人类的宗教信仰也如同暗中摸索，却阴差阳错地造成了鬼魂的狼狈处境，从而带来了十分微妙的喜剧感。

（三）仙境故事

"仙"乃是指修炼得道后长生不死的人，这一观念最早在《庄子》的《天地》篇中就已经出现了。秦汉以来，神仙之说盛行，西汉著名学者刘向编撰《列仙传》，收入了自上古三代以来七十位仙人的传说。魏晋以来，又出现了汉武帝求仙系列小说如《汉武故事》《汉武内传》《洞冥记》《十洲记》等。在这些小说中,仙人都住在天上、山上或遥远的海外,只有一些信徒可以见到他们,一般人根本可望而不可即。

东晋以后,随着晋室南迁,长江以南地区的社会经济日趋繁荣,人们的活动范围扩大,南方的深山峡谷、沟壑洞穴也日渐被人关注,一些道教的教派也在南方的山野里发展起来。道教徒们所编撰的一些仙境故事也跟南方的地形地貌发生了密切联系。有不少学者都注意到,六朝志怪中出现了一类仙道化的洞窟传说,跟以往的仙境传说相比有了明显的变化[1],其中最著名的就是《幽明录》所载的"刘阮入天台"故事:讲述两个凡夫俗子误入仙境,这个仙境隐藏在天台山深处,离人世不远。仙境的屋宇、陈设、食物、人物也不再如汉武帝求仙故事中所写的那么富贵华美。西王母赐给汉武帝的"三千年一生实"的仙桃也变成了山间普通的桃子,随便就能吃到[2]。仙女也轻易就跟凡人欢爱缠绵,不再似以

---

[1] 有关的论述可参看石昌渝《中国小说源流论》第三章第二节《志怪小说》。

[2] 参见张华《博物志》卷八。

往传说中的仙女那般高冷威严,不可亲近。这一切变化,都显示出仙境传说的世俗化趋势。凡夫跟仙女的遇合,凡夫尘心未泯而离开仙境,仙境时间跟人世时间流逝速度的极大反差,都成为这一时期仙境传说的基本要素——尤其是"山中方七日,世上已千年"这一时间模式在当时以及此后都成为仙境与人世的重要差异。这一核心内容在梁代任昉的《述异记》中也有一个经典性的表达:

> 信安郡石室山①,晋时王质伐木至,见童子数人棋而歌,质因听之。童子以一物与质,如枣核,质含之不觉饥。俄顷,童子谓曰:"何不去?"质起视,斧柯尽烂,既归,无复时人。

仙境"俄顷",便是人间数世,当王质回到家中,跟他同时代的人们都已经故去了。这类故事中,凡夫返回人世的情节乃是必不可少的安排,否则仙凡的时间反差就无法表现出来了。在这个

---

① 信安郡在今浙江衢州市境内。石室山即今衢州市烂柯山风景区。

"烂柯山"故事里,"如枣核"一般的食物也值得注意,它跟"刘阮入天台"故事里的"桃子"一样,也是仙人服食的神奇食物,在汉代的仙道类志怪书《神异经》中就曾经被特别提到过[①]。

对这类故事中的时间描写,如果仔细思考一下,就会令人觉得颇为惊奇:仙境并非没有昼夜轮替与季节变化,时间仍在流逝,并对其他物品发生了影响,比如王质的斧柄就腐烂了,但时间却对仙人和进入仙境的凡人不再发生任何影响,因为仙人是长生不死的,凡人进入仙境之后,沾染了仙气,也不会再变老了。

那么,人类如何才能超越于时间的洪流之外,脱去肉体凡胎,成为仙人呢?魏晋以前的仙人传记中,一个凡人需要经过艰苦的服食修炼才能成仙。从汉武帝求仙故事开始,人们则寄希望于仙人的眷顾和仙药的帮助。到洞窟传说中,凡人则希望通过偶然的机遇来成仙,而不必再凭借个人的艰苦努力了。

(四)佛教故事

六朝佛教志怪故事的涌现,应该跟佛经的

[①] 参见《神异经》的"北荒经"这一条。

大量翻译有关。佛经里原本就包含许多来自印度的民间故事,还有佛教徒为了宣传其教义而创作的很多故事,这两类故事进入中国文化的语境之后,有的被改造,有的被模仿,成为志怪小说中极具特色的一类。

佛经故事被改造成中国故事的最典型例证之一就是梁代吴均所编撰的《续齐谐记》所载的"鹅笼书生"故事:

> 阳羡许彦于绥安山行,遇一书生,年十七八,卧路侧,云脚痛,求寄鹅笼中。彦以为戏言,书生便入笼,笼亦不更广,书生亦不更小。宛然与双鹅并坐,鹅亦不惊。彦负笼而去,都不觉重。前行息树下,书生乃出笼谓彦曰:"欲为君薄设。"彦曰:"善。"乃口中吐出一铜奁子,奁子中具诸肴馔。……酒数行,谓彦曰:"向将一妇人自随。今欲暂邀之。"彦曰:"善。"又于口中吐一女子,年可十五六,衣服绮丽,容貌殊绝,共坐宴。俄而书生醉卧,此女谓彦曰:"虽与书生结好,而实怀怨,向亦窃得一男子同行,书生既眠,暂唤之,君幸勿

言。"彦曰:"善。"女子于口中吐出一男子,年可二十三四,亦颖悟可爱,乃与彦叙寒温。书生卧欲觉,女子口吐一锦行障遮书生,书生乃留女子共卧。男子谓彦曰:"此女虽有情,心亦不尽,向复窃得一女人同行,今欲暂见之,愿君勿泄。"彦曰:"善。"男子又于口中吐一妇人,年可二十许,共酌戏谈甚久,闻书生动声,男子曰:"二人眠已觉。"因取所吐女人还纳口中,须臾,书生处女乃出,谓彦曰:"书生欲起。"乃吞向男子,独对彦坐。然后书生起谓彦曰:"暂眠遂久,君独坐,当悒悒耶?日又晚,当与君别。"遂吞其女子,诸器皿悉纳口中,留大铜盘可二尺广,与彦别曰:"无以藉君,与君相忆也。"彦太元中为兰台令史,以盘饷侍中张散;散看其铭题,云是永平三年作。

唐代的段成式已经指出这个故事改编自《旧杂譬喻经》所载的梵志故事,鲁迅也指出其他佛经中也载有这个故事,晋代荀氏编撰的《灵鬼志》所录的外国道人故事也是这个故事的较早异文。

在叙事上,"鹅笼书生"故事具备了一些值得注意的特点:比如,结尾交代故事来历,声称这是当时某位官员的亲身经历,文中出现的人物许彦、张散虽然难以确考为何人,但很可能也是当时的两位真实人物。编撰者运用这些手法增强了故事的真实感。后来的唐人小说十分普遍地使用这种手法,其渊源大概正在于此类志怪小说。

再从这个故事的主题来看,反复表现了男女之间感情的不忠诚、不专一,在魏晋及其以前的时代,是比较少见的。因为这原本就不是中国早期叙事文学中常见的主题,而是佛教所热衷宣扬的色空与无常思想的一种表现。一直到唐代敦煌的佛经写本中,我们还可以看到这样的故事[①]。这自然是因为佛教想要破除人们对爱欲的执着,于是热衷于讲述这类故事。

此外,这个故事所表现的奇特的空间感也完全是佛教式的:书生进入鹅笼,书生没有变小,而鹅笼也没有变大,背鹅笼的人也没有觉得鹅笼

---

① 传世的敦煌写卷《佛说大药善巧方便经》是唐高宗上元年间(674年至676年)抄写的,其中就有表现妻子对丈夫不忠的故事。

变得更重了。这种悖论式的奇诡情节也多见于佛经故事,对当时的中国人来说,应该是十分新鲜的,因此颇受关注,后代的小说也从这儿受到过一些影响。

佛教的思想观念对志怪小说的渗透也表现在如下这样的短小故事里:

> 焦湖庙有一柏枕,或云玉枕,枕有小坼。时单父县人杨林为贾客,至庙祈求。庙巫谓曰:"君欲好婚否?"林曰:"幸甚。"巫即遣林近枕边,因入坼中,遂见朱门琼室,有赵太尉在其中,即嫁女与林。生六子,皆为秘书郎。历数十年,并无思归之志。忽如梦觉,犹在枕傍,林怆然久之。

这个著名故事被记载在《搜神记》中,表达的正是佛教所主张的人生如梦的空幻思想:一个人在短暂的梦境中经历了数十年漫长的岁月,最后醒来,发现只是一场梦而已。这是印度古代传说与佛经故事中常见的套路,却极深地影响了中国的哲学思想与文学的主题。这篇短小的故事到了唐代便直接演变成了沈既济的名篇——《枕中记》。

佛教的因果报应与轮回转世的观念更是导致大量"宣验"类故事的产生,这类故事大都是讲述某个人魂游地狱,看到生前为恶的人遭受各种残酷的刑罚。此人返魂之后,遂痛改前非,虔心奉佛。这类故事情节的模式化倾向颇重,其主要的贡献是把佛教的地狱观念引入中国的叙事文学,跟中国原有的阴曹地府观念相结合,为后世的神鬼和神魔小说提供了广阔的天地。

在六朝志怪中,巫术类、神灵类、风俗类、博物类、民间传说类故事数量也不少,也很有特色。但限于篇幅,这里就不一一述及了。

在艺术上,六朝志怪具备古朴稚拙、活泼生动、想象力丰富、民间气息浓厚、叙事精练隽永等特点,虽然未必是自觉的文学创作,但蕴含着原始天然的创造力,这是后代的小说所无法企及,也无法替代的,六朝志怪也因此成为中国古代小说最重要的艺术渊源之一。

汉译佛典与六朝小说

佛教自东汉时传入中国，对中国文化之影响至深且巨。具体到文学方面，则在六朝时汉译佛经之势力已经出没于诗歌、小说、文论与散文等各种文体领域之中。前辈学者如梁启超、胡适、陈寅恪、鲁迅、季羡林等人，当代学者如孙昌武、蒋述卓、陈洪等人，都对此问题进行过精彩的研究。然而汉译佛典浩如烟海，其对中国文学之影响亦幽微深远，其影响的表层事实也还远未被我们全部调查清楚。本文旨在揭示出汉译佛典渗透于六朝小说的若干例证，并据此对小说研究中的一些问题提出我个人的看法。

一

在六朝的文言小说中，《汉武帝内传》一篇以文辞之华美、篇幅之曼长而堪称卓然独立。明人以其乃班固所作,《四库全书总目提要》(卷一四二)已经指斥其非。长期以来,学术界对其作者与写作年代多有推测,然迄无定论。

鲁迅先生在《中国小说史略》第四篇《今所见汉人小说》中论及《汉武帝内传》时云:

> 其文虽繁丽而浮浅,且窃取释家言,又多用《十洲记》及《汉武故事》中语,可知较二书为后出矣。

所谓"窃取释家言",鲁迅先生没有明确说明,但从《内传》中可以轻易指认出该段文字,兹引之如下:

> (上元)夫人使帝还坐,王母谓夫人曰:"卿之戒言,言甚急切,更使未解之人畏于至意。"夫人曰:"若其志道,将以身投饿虎,忘躯破灭;蹈火履水,固于一志,必无忧也。若其无忠志,则心疑真信,嫌惑之徒,勿畏急言,急言之发,欲成其志耳。"

"以身投饿虎,忘躯破灭"一语显然来自佛经故事。就我个人阅读所及,早期汉译佛典中至少有以下三部包含了"以身施虎"的故事:

(1)吴康僧会译《六度集经》卷第一(四)"菩萨本生";

(2)北魏慧觉等人译《贤愚经》卷第一(二)"摩诃萨埵以身施虎品";

(3)北凉法盛译《菩萨投身饴饿虎起塔因缘经》。

第(1)中的"菩萨本生"故事情节非常简单:说菩萨于久远之时,在山修行,道遇饿虎,即以身相舍。第(2)与第(3)讲述了著名的萨埵太子舍身施虎的故事,其情节比故事(1)更为曲折生动,因而在社会上广为流传,并进入了其他艺术形式之中:凿于北周时期的敦煌莫高窟第428窟壁画中即有长卷式故事画,讲述萨埵太子以身施虎的事迹。如果再考虑到《汉武帝内传》与"萨埵太子本生"在情节逻辑上的内在相似性,我们可以大致推断:《内传》的写作时间约在《贤愚经》与《起塔因缘经》两部佛经的汉译流传开来以后的东晋末年。日本学者小南一郎在他的《中国的神话传说与古小说》一书中,对《汉武帝内传》的素材来源做了翔实深入的考证以后断言:此篇小说成书于东晋兴宁年间(363—365)道教上清派形成以后的一段时间里。而如果我的上述推论可以成立,则可将《内传》写成时间确定到386年(北魏建立)以后,亦即《贤愚经》在北魏由慧觉译出(但译出此经的具体时日已不可知)并广为流传的时候。

此外,上引"蹈火履水,固于一志,必无忧也"数语,或取自《庄子·大宗师》,但也可能是"窃取释家言"。西晋竺法护所译《正法华经》与后秦鸠摩罗什所译《妙法莲华经》(二者为同经异译)之《观世音菩萨普门品》云:

> 若有持是观世音菩萨名者,设入大火,火不能烧,由是菩萨威神力故。若为大水所漂,称其名号,即得浅处。(罗什译文)

又东汉支娄迦谶译《杂譬喻经》(二)云:

> 昔有比丘得定意时,野火烧不烧,人见之谓是鬼,便斫之,刀折不入。用心一,故不入;柔软,故不烧。

而在据称为东晋葛洪所撰《神仙传》中有《阴长生》一篇,其中记载了仙人阴长生所作诗三篇,其一云:

> 超迹苍霄,垂龙驾浮。青风承翼,与我为雠。入火不灼,蹈波不濡。逍遥太极,何虑何忧。

这段文字里大概也有道教徒从佛经借用过来的语词与观念成分。《法华经》所宣扬的观世音信仰在晋代即已得到了大力传播。如当时的谢敷即作《光世音应验记》,后来刘宋张演作《继光世音应验记》,南齐陆果作《系观世音应验记》,其中故事的叙述模式都借用自《法华经·观世音菩萨普门品》。

佛教在六朝时迅速向中国文化的各个层面渗透,除去其教义与魏晋玄学在表面上极为相似这一原因以外,其形象化、文学化与体系化的传教手段则是另一重要原因。在这一方面,道教典籍与之相比实可谓望尘莫及。出于竞争的需要,道教辅教之书便开始吸收佛经中的典故与用语,以强化自身的宣传。

二

汉译佛经故事对古代小说的影响同样涉及情节层面。胡适、陈寅恪先生在他们考证《西游记》故事来源的论文中即已开始研究这一问题。下面我将根据一些新的材料对此问题做粗略探讨。

在题为晋陶渊明所撰之《搜神后记》卷四中记载了如下一则传说：晋广州太守冯孝将之子马子，夜梦一女子来相就，云为鬼所枉杀，不久即当再生，与马子克期相约：

> 至期日，床前地头发正与地平，令人扫去，则愈分明，始悟是所梦见者，遂屏除左右人，便渐渐额出，次头面出，又次肩项形体顿出，马子便令坐对榻上，陈说语言，奇妙非常，遂与马子寝息。

后来此女再生，与马子结为夫妇。

有日本学者认为这个故事反映了中国民间死灵再生的信仰，也与早期道教徒修炼的"握固不泄,还精补脑"的房中术有关。但这个故事中有一部分情节(引文部分)大概是来源于佛典。如北魏慧觉等人所译之《贤愚经》卷第二之《波斯匿王女金刚品》云:波斯匿王有一女名波阇罗,容貌极丑,藏于深宫,后嫁与一贫穷豪姓之子,亦"恒见幽闭,处于暗室,不睹日月及与众人"。此女遂"至心遥礼世尊,唯愿垂愍"。于是:

> 佛知其志,即到其家,于其女前,地中踊出,现绀发相,令女见之。其女举头,见佛发相,倍加欢喜,欢喜情敬,敬心极深。其女头发,自然细软,如绀青色。佛复现面,女得见之,见已欢喜,面复端正,恶相粗皮,自然化灭。佛复现身,齐腰以上,金色晃昱,令女见之。女见佛身,益增欢喜,因欢喜故,恶相即灭。身体端正,犹如天女,奇妙盖世,无能及者。佛愍女故,尽现其身,其女谛察,目不曾眴,欢喜踊跃,不能自胜,其女尽身,亦皆端正,相好非常,世之希有,恶相悉灭,无有遗余。

同样的故事又见于吴支谦所译之《撰集百缘

经》、北魏吉迦夜共昙曜所译之《杂宝藏经》。此外《妙法莲华经》卷第五之《从地踊出品》也有类似情节。由此可见，这个故事在汉译佛典中出现频率是非常之高的，故在当时亦必广泛流播于中土民间，其影响遂及于传说，而且影响的痕迹还非常明显。

但也有另一类影响痕迹较为隐蔽的，则需要我们进行细致的分析。在佛经故事与神仙家小说中，经常出现一个共同的情节要素：对修行问道者的诚心进行试探。事实上，这种"试探"的情节早在《史记·留侯世家》中即已出现：黄石公对张良几番相试后，才授以《太公兵法》。这个故事当为汉以后的古代读书人所熟知，后来被道教徒采入神仙的传记里去了。例如在《神仙传》之《陈安世》一篇中，即有与黄石公故事相类似的情节：

> 二（仙）人曰："汝审好道，明日早会道北大树下。"安世承言，早往期处。到日西，不见一人，乃起欲去，曰："书生定欺我耳。"二人已在其侧，呼曰："安世，汝来何晚也？"答曰："早来，但不见君

耳。"二人曰:"吾端坐在汝边耳。"频三期之,而安世辄早至,知可教,乃以药二丸与安世。

从中可以看到神仙家传记继承中国古代叙事艺术传统的一面,但除此以外,它们还受到佛典叙事文学的影响。在相传为西晋道士王浮所造的《老子化胡经》中有老子试探尹喜的情节。王浮原书已佚,但因其宣扬老子入西域化胡人成佛的理论,而招致佛教徒的强烈攻击,故其书部分情节也得以保留于僧人所撰的驳论文章中,现从唐释法琳所撰《辨正论·十喻九箴篇》录之如下:

内十喻曰:老训狂勃杀二亲为行先,释教仁慈济四生为德本。开士曰:汝化胡经言,喜欲从聃。聃曰:若有至心随我去者,当斩汝父母妻子七人头者,乃可去耳。喜乃至心,便自斩父母七人,将头至聃前,便成七猪头。夫顺天地之道,行也,不伤和气者,孝也。丁兰感通于朽木,董永孝致于天女。禽兽犹有母子而知亲,况聃、喜行道于天下,斩其父母,何名孝乎?戮其妻子,岂谓慈乎?

佛教徒写文章攻击这种试探手段违背天伦，不慈不孝，但殊不知道教徒们正是从佛经中学来了这一套不近情理的宣传方式。吴康僧会所译《六度集经》卷第一之《布施度无极章》（六）讲述菩萨本生故事：云菩萨过去世为大国王，普济众生。天帝释遂化为梵志，从索其国，王遂以国与之，与妻女轻乘而去。梵志复从索其车，王又与之。又从其乞银钱，王乃卖妻女，得钱一千，舍与梵志。梵志复嫁祸于王之妻女，使之被斩于市。又吴支谦所译《撰集百缘经》卷第四中也载录了许多修行者为求妙法而不惜舍身的故事。如其中的"善面王求法缘"就是一个很典型的例子，兹概括其大意如下云：波罗标国王善面，"深乐道德，常求妙法"，诚心震动天庭。天帝释乃化为罗刹，来诣王宫，言有妙法。王即延入，求闻其法。罗刹口称饥渴，欲食热血新肉。太子孙陀利经父王答允，即以身施与罗刹。罗刹食之不足，时王夫人办复以身相舍，罗刹犹云饥渴，即便语王："汝今以身，用供我食。"王即答允，然欲先闻妙法。罗刹为之说偈云云,"说此偈已,还复释身,太子夫人,忽然在前"。这里的善面王乃是释迦牟尼的前身,这个故事即属于佛本生故事中的一种。在《撰集百缘经》卷第四中还有诸如"尸毗王剜眼施鹫缘""莲花王舍身作赤鱼缘""梵摩王太子求法缘""兔烧身供养仙人缘",讲述的都是大致相同的故事。我们可以看到,在这些佛经故事的"试探"情节中,都包含着为了佛法与信仰而不惜舍弃身家性命的因素。

而类似的故事也同样大量出现于《神仙传》中:如《李八百》篇中,仙人李八百让唐公昉夫妇为其舔舐恶疮脓血,后授其丹经一卷。《魏伯阳》篇中,伯阳炼成神丹,先以试犬,犬死。继而己服,亦死。三弟子中一人服丹,二人出山回了家。伯阳遂起,与服丹弟子一同仙去。《张道陵》中,道陵带弟子三百至一悬崖,以死相试,过关者唯三人而已。《蓟子训》中,子训失手摔死邻人婴儿,邻人素敬子训,不敢有悲哀之色。二十余日后,子训还邻人以生儿,被摔死的原来是个泥人。《壶公》篇中,壶公三试费长房:先以猛虎相搏,后以巨石悬于头顶,群蛇来啮其绳,长房皆不惧,最后乃令长房啖屎蛆,"房难之",故"不得仙道也"。

对佛道两家的故事稍作比较我们便可发现:二者在情节模式上何其相似!如《老子化胡经》《蓟子训》两篇与"善面王求法缘"在情节结构上可谓如出一辙,即都是在试探过程即将结束时,最初的试探手段的残酷性忽然被消除,让人觉得那一切都只不过是一场梦幻而已。《老子化胡经》是道士们为了反抗佛教的宣传而作,他们显然是在仔细研究了佛教的教化手段之后,再将其嫁接到老子的头上,然后敷衍出一个老子化胡成佛的故事来。道教徒们编造的许多其他传记也都袭取了佛经故事的情节构架,同时将其试探情节中的一些不合情理的成分也吸纳过来了。但若就叙事艺术而言,神仙家传记中的故事仍然是简单的、粗糙的,跟佛经文学中曲折回旋的精妙的叙事艺术完全无法相比。此外,佛经故事的试探情节中虽然包含了一些不合乎情理的成分,但却与其整个教义又有不可分割的逻辑上的关联;而且这种试探还直接导向佛教的终极目标,即修成正果、普济众生,因此其违反常理之处也并不令人反感。神仙家传记的情形则大不相同。首先,道教修行者只管个人成仙得道,什么丹经宝诀都秘不示人,除非你对他顶礼膜拜、言听计从,并过得了他设下的生死关。其次,其试探情节并非由道教理论自然延伸而来,而是取自佛经,因而显得突兀、孤立、单薄,缺乏感人的力量。

佛道二教在两晋、宋、齐时期有过长期激烈的论争,彼此互不相容,互相攻击毁谤。到梁、陈时期,争论渐渐平息,主张三教一致,要求融合的舆论渐占上风。梁代的统治阶层大都对三教采取兼容的态度,这种倾向也反映在道士所作的志怪小说中,如梁代陶弘景所撰《周氏冥通记》中即有这样的段落:

> 九月二十九日,梦见天西北有一物,长数十丈,青赤色,首尾等大,状似虹,因到张理禁处问此为何物?答云:名玄霞之兽,或呼为水母,乃可愁矣夫。有中之无,未若无中之无,空无之理,难可思议。此九六之灾显矣。人谁知之!

这段话后又有一段双行小字的注:

张为保命府禁伯，主请雨水，故以问之，事出《真诰》。张既善谈虚无，每语辄入斯境。隐居谓：有中之无，自性空也；无中之无，毕竟空也。但未解说此何指耳。

陶弘景乃梁代典型的道、释双修的人物，在他编撰的道书中出现佛理并非空穴来风。在上面引文中涉及的佛学理论来自《放光般若经》卷第一之《放光品》，其中提出"十四空"，即含"自性空"与"至竟空"（即毕竟空）。此经乃大乘佛教之重要典籍，东晋、后秦时由鸠摩罗什、竺叔兰与无罗叉分别译出。

文言小说中这种佛道融合的倾向到了隋唐两代则更加鲜明。在隋末王度所作《古镜记》中，僧人和道士都已成为作品中的人物。初唐道士胡慧超作《许真君传》，其中斗法的场面也取材于《贤愚经》卷第二之《降六师品》。而中唐传奇《杜子春》《萧洞玄》两篇，则与《神仙传》以及佛经故事有更为明显的渊源关系，其中主人公经受考验的场景，几乎完全由佛道两家故事中"试探"情节的某些要素联合构成，其故事框架虽仍然来自神仙家传记，但其叙事艺术与之相比已不可同日而语了。

三

最后简要论述一下汉译佛典在文体上对六朝小说之影响。梁启超早在《翻译文学与佛典》一文中即已指出译经文体的十大特点,并略微言及佛经文学对中国文学之影响。胡适在其《白话文学史》中也对这个问题做了较为详细的讨论。但他们都没有对佛经文体影响志怪小说的具体情形做出交代。

六朝时期所译的佛经在文体上有一些极为明显的特点:如多用四字句,虚词与连词很少出现,倒装与提挈句法极多,骈词俪句很少,文风自由质朴。下面是从《撰集百缘经·婆持加困病缘》中节引的一段经文,可借以窥见译经文体之面貌:

> 佛问婆持加:汝今患苦,何者最剧?答曰:我今身心,俱受苦恼。佛自念言:我于旷劫,所修慈悲,誓疗众生,身心俱病。时天帝释,知佛所念,即诣香山,采拾药草,

名曰白乳,以奉世尊。佛得此药,授与婆持加,令使服尽,病悉除愈,身心快乐。即于佛所,倍生信敬。

这种译经四言体跟《诗经》、汉赋的四言体有本质上的不同:首先,诗、赋中的四言是押韵的,带有诗歌的韵味,但汉译佛经中的四言基本上不押韵,是一种散文语言。其次,诗、赋四言句结构比较规则、紧凑,有许多地方运用对仗,但译经文体不具备这些特征。下面从扬雄《逐贫赋》中节录一段,以资比较:

舍汝远窜,昆仑之巅;尔复我随,翰飞戾天。舍尔登山,岩穴隐藏;尔复我随,陟彼高冈。舍尔入海,泛彼柏舟;尔复我随,载沉载浮。我行尔动,我静尔休;岂无他人,从我何求?

以四言为主的译经文体影响到志怪小说,这在南齐王琰所撰《冥祥记》、隋侯白所撰《旌异记》中能看得非常清楚:此二书乃典型的释氏辅教之书,除去内容、结构上与佛经有千丝万缕的

联系之外,其文体也基本上采用了汉译佛经中的四言散体。下引《冥祥记》中一节,则可令人对此一目了然:

> (府君)给(赵)泰马兵,令案行地狱。所至诸狱,楚毒各殊。或针贯其舌,流血竟体。或被头露发,裸形徒跣,相牵而行。有持大杖,从后催促。铁床铜柱,烧之洞然;驱迫此人,抱卧其上。赴即焦烂,寻复还生。或炎炉巨镬,焚煮罪人,身首碎堕,随沸翻转。

此种文体的余波还及于唐代的传奇作品,如《古镜记》《补江总白猿传》《枕中记》,其影响到中唐以后才慢慢消失。汉译佛经对中国古代小说的影响是一个值得深入研究的课题。但在这种影响的具体事实还未完全摸清的情况下,我们很难去探究与总结其中的规律。本文亦旨在提供一些事实联系方面的材料,以求为进一步的研究廓清道路。

本文原载《中国文学研究》1999年第4期。

唐人小说与唐人传奇

"传奇"之名最早见于晚唐裴铏的小说集《传奇》，从宋代以后，逐渐成为人们对唐代小说的一个称呼。但是，宋朝人所认为的"传奇"一般是指唐代的爱情小说，大都是讲述唐代普通男女的爱情故事，而又包含一些比较奇异的内容在内的，比如《离魂记》《任氏传》《莺莺传》《李娃传》《霍小玉传》《柳毅传》这些作品，都是宋人眼中标准的唐代"传奇"。到元代，"传奇"这一名称的外延进一步扩展，可以用来指包括爱情小说在内的更多的唐代小说。但是，它到底是指哪一部分唐代小说呢？

应该说，近现代意义上的"小说"这一文学体裁在中国古代并不是从来就有的，而是经过长期发展演变而形成的，它的源头大概在于远古的神话传说、先秦两汉以来的寓言和史传文学，尤其跟史传文学的血缘关系最为深长。汉魏六朝以来出现的大量的"志怪书"和杂史杂传类著作，在今天已被公认为中国古代小说的雏形，也是唐人小说最直接的来源，但这些"志怪书"（后来被称为志怪小说）和杂史杂传在魏晋隋唐以至宋代人看来，都还是一种历史著述。

"志怪书"跟一般正史的相同点在于它们都采用客观实录的态度来记事，不同点在于"志怪书"记录的大都是鬼神妖异之事，而且很多故事来自于民间草野与老百姓的日常生活；而正史记载的则是真实的历史事件，大都跟著名的历史人物相关。"志怪"的"志"本来就有"记录"之意，它们对所记录的鬼神怪异之事不刻意进行修饰润色，也不随便添枝加叶，于是在叙事上形成了"粗陈梗概"的特点：一般说来，志怪故事篇幅短小，情节粗略，文辞简约，具有一种后代小说所难以企及的独特韵味。

至于汉魏六朝的杂史杂传则直接继承了史传的叙事传统而又有所发展，以比较细腻翔实的文笔来刻画特殊的人物（如神仙异人），或者叙述奇特的故事，并且往往具备"幻设为文"（即虚构）的特点。

进入唐代以后，"志怪书"和杂史杂传一方

面仍然保持其各自特点在继续发展，另一方面则脱胎换骨，推陈出新，开创出中国小说史上一个全新的时代。对于这一新的变化，我们可以大致从以下两个方面来进行说明。

一方面，杂史杂传因其跟史传有着极为密切的亲缘关系，在汉魏六朝时代，它们主要仍然是以表现历史人物或神仙异人的事迹为主的，但入唐以后，则发展出一批集中讲述爱情故事的"传"或"记"，这些"传"或"记"已不再采用史传式的人物列传的写法，而是只以人物的爱情生活作为重点来展开细腻而详尽的叙述和描写。它们的题材有的是完全现实性的，比如《柳氏传》《莺莺传》《李娃传》《飞烟传》；有的则在现实题材中杂入了鬼神精怪之事或一些传奇性的内容，比如《任氏传》《李章武传》《霍小玉传》《长恨传》《无双传》；还有的则是以非现实性的题材为主的，比如《离魂记》《柳毅传》《湘中怨辞》。如果拿这些作品的男女主人公跟汉魏六朝杂传的主人公做一下比较，我们就会发现唐代小说中的这些男女人物大都只是普通的士人与普通的女性（《柳毅传》中的龙女是个例外）。

另一方面，则由于志怪题材与杂史杂传笔法的融合，以史传的叙事笔法来讲述志怪故事的一种小说形式也在唐代产生了。如前所述，六朝志怪是一种文字与情节都十分简略的短篇故事，字数多在三五百字之间，上千字的不多见。但唐人运用史传笔法对这类志怪故事"施之藻绘，扩其波澜"，遂使其内容大大扩充，情节变得跌宕曲折，细节也变得更加丰满细腻，篇幅也大大加长了，其思想意蕴也变得更加丰富。比如《补江总白猿传》《离魂记》《枕中记》《任氏传》《柳毅传》《南柯太守传》《东阳夜怪录》这些唐代小说的名篇，它们的故事类型或者情节梗概都是六朝志怪中已经出现过的。就拿《枕中记》来说吧，其故事原型取自东晋干宝《搜神记》中的杨林玉枕故事，原文不过六十字，表达人生如梦的思想。沈既济扩充了这个故事的情节和内容，从而使其在人生如梦的主题之外又概括性地表达了更复杂的官场与人生的体验，这已绝非原来的故事所能比拟的了。再比如《东阳夜怪录》，其主要情节仍不脱六朝志怪中最为常见的夜遇精怪——与精怪周旋——天明精怪显形逃离这一基本模式，而其篇幅则已长达四千余字，内容极为丰富，艺术技巧也十分复杂，这跟简短的志怪故事相比，已经完全不可同日而语了。而更值得一提的是：也正是在这一类小说中，唐人"幻设为文"的自觉追求也最为鲜明地表现出来了。比如《东阳夜怪录》的主人公被命名为"成自虚"，这跟汉大赋（如《子虚赋》）将人物称为"子虚""乌有""亡是公"的做法岂不是如出一辙吗？

对于唐代小说的以上这样一些变化，鲁迅曾在他的《中国小说史略》中有过如下的论述：

> 小说亦如诗，至唐代而一变，虽尚不离于搜奇记逸，然叙述宛转，文辞华艳，与六朝之粗陈梗概者较，演进之迹甚明，而尤显者乃在是时则始有意为小说。……此类文字，当时或为丛集，或为单篇，大率篇幅曼长，记叙委曲，时亦近于俳谐，故论者每訾其卑下，贬之曰"传奇"，以别于韩柳辈之高文。……
>
> ……传奇者流，源盖出于志怪，然施之藻绘，扩其波澜，故所成就乃特异，其间虽亦或托讽喻以纾牢愁，谈祸福以寓惩劝，而

> 大归则究在文采与意想,与昔之传鬼神明因果而外无他意者,甚异其趣矣。……

除了他对唐代小说变迁的精彩论述之外,我们还注意到,鲁迅在这里几次提到"传奇"一词,而且他在《中国小说史略》中介绍唐代小说时主要就是涉及了作为"单篇"的"传奇文"与作为"丛集"的"传奇集",其他的唐代小说他基本上没有提。前面已经说过,宋人曾把唐代的爱情小说视为"传奇",元代人则将"传奇"的外延进一步扩大,但其具体范围其实是不明确的。鲁迅则从小说发展演变的角度着眼,把具备了他所认定的那些新的艺术特征的唐代小说视为"传奇",而"传奇"之外,唐代小说是否还有其他的种类,鲁迅没有说明。这样一来就造成了如下两个后果:一是人们受鲁迅做法的影响,错误地用"传奇"来指称整个唐代小说,在"传奇"和唐代小说之间画上了等号,这就大大地缩小了唐代小说的范围;二是即使我们知道唐代小说包括了志怪、传奇、志人等不同种类,但因为"传奇"的认定标准其实也是不明确的,这就导致人们对志怪、传奇等不同文体的区分发生了一些分歧。尤其是对于那些处于临界状态的作品，究竟应该归入传奇还是应该归入志怪，有时候很难得出一个确切的结论。

因此，总的来说，"传奇"这一名称的内涵和外延是历史的、动态的，其确切含义及其作为概念的合理性都还有待于进一步研究和讨论。在目前，我们使用这一概念的时候只需要明确以下两点：

1. 唐传奇并不能代表全部的唐代小说，"传奇"只是唐代小说中获得了全新的艺术特征与更高的艺术成就的那一部分作品。在一定意义上，我们可以认为，所谓的"传奇"，或者是六朝志怪与杂史杂传局部融合或完全融合之后进一步发展而形成的，或者是杂史杂传在摆脱史传程式之后将某些特征予以充分发展而形成的。"传奇"在题材上的特点是"搜奇记逸"，在艺术上的特点是"叙述宛转，文辞华艳"，而且具备了比较自觉的虚构意识。这样一来，"传奇"就跟近现代意义上的小说这一文体十分地接近了。

2. "传奇"这一概念及其含义或许仍然只是阶段性的，随着研究的进展，都还有可能发生变化。但目前我们还是可以用它来指称符合上述标准的唐代以及唐代以后的小说,因此在唐传奇之外,还有宋代传奇、明清传奇这样的说法。而我们如果想要比较完整地指称某一时代的全部小说,则最好还是"志怪""传奇"并提,若再加上"志人",那就更完整了。

唐代小说——尤其是唐传奇——所取得的巨大成就在宋代就已经被人赞誉为可以跟唐诗并称为"一代之奇"了。不过唐诗最辉煌的时期出现在盛唐,而唐代小说最繁盛的阶段则出现在中晚唐,尤其是中唐时期。根据笔者的粗略统计,中晚唐时期问世的单篇"传奇"大约有百篇,传奇集或者志怪传奇集大约有八十一部,若再加上其他具备一定小说性质的笔记,数量还要更多,而唐代小说的经典名篇绝大部分都包括在其中了。至于唐代小说所取得的高度艺术成就及其对后代小说、戏曲、诗文的巨大影响学界论述已多,这里毋庸赘言。笔者在此只想特别强调一点:相对于唐代诗文这些内容比较抽象宽泛的文体而言,唐代的小说乃是一种内容比较具象化的文体,而相对于唐代的正史而言,它们又主要表现普通人的日常生活与喜怒哀乐,因此,存世数量庞大的唐代小说便为我们打开了一扇了解唐代社会生活的深邃而细密的窗口。

正如唐诗的辉煌后代难以为继一样，辉煌的唐传奇也同样后继乏人。紧承唐代的宋人同样也创作了数量不少的志怪传奇，其中也不乏名篇佳作，但总体上来说，其艺术成就要远逊于唐传奇，正如鲁迅在《中国小说史略》中所说的："宋一代文人之为志怪，既平实而乏文采，其传奇又多托往事而避近闻，拟古且远不逮，更无独创之可言矣。"一直到清代，蒲松龄的《聊斋志异》问世，被认为是继承了六朝唐代小说的衣钵而又有长足的发展，成为堪与唐人小说双峰并峙的又一座文言小说的高峰。不过，在笔者看来，这两座高峰之间仍然有着天然与人工的差别：唐代小说代表着小说艺术天然之美的最高典范，而《聊斋》则代表着小说艺术人工之美的最高典范。我们虽不必在这二者之间强分轩轾，但它们的差别乃是十分明显的，也是客观存在的。

本文原为人民文学出版社2018年版张友鹤编著《唐宋传奇选》的导读，收入本书时略有删节。

绵延千年的想象力
——文言志怪传奇小说的奇幻世界

应该说,在一百多年以前,古典小说这种文类、这种文学形式,还只能算是一个不登大雅之堂的文体。直到1902年,梁启超先生在《论小说与群治之关系》这篇论文里第一次将小说的地位提高到"文学之最上乘"的地位。他认为,小说最便于用来开启民智,值得大力提倡。梁启超这篇文章开启了后来著名的"小说界革命",从此中国的古典小说开始逐步进入学术研究的视野。经过胡适和鲁迅等一辈人的努力,中国的古典小说从不登大雅之堂,最后逐步登上了学术的殿堂。

这里要介绍的文言小说,是中国古代小说史上的一大类,跟通俗小说相对应的、不那么通俗的小说——文言小说。通俗小说是用白话文写的,它的地位在中国古代比文言小说还要低一点。文言小说占了语体的便宜，用的是文言文，它的地位相对来说比通俗小说要高一些。这里要讲的是中国古代文言小说里两个很重要的具体类型——志怪小说和传奇小说。它们是文言小说的两个重要组成部分。

在中国的小说史上，文言小说的历史比白话小说的历史要早。白话小说出现在小说史的舞台上，是到了宋代，形式是话本小说。之前的魏晋南北朝和隋唐时代主要是文言小说的天下，后来的白话通俗小说，一个很重要的源头也是文言小说。这里要讲的文言小说里的志怪传奇小说，是中国古典小说里产生比较早的类型。

对于"绵延千年的想象力"的说法，这里做一下解释。严格地说，中国的文言小说从开始出现，到晚清开始退出小说史的舞台，有一千七百年左右。而"想象力"这个词，简单来说，就是一个人根据已有的形象，根据生活里能够看到的、见到的、听到的各种形象，在头脑中构造出一种全新形象的能力。中国的文学从来都不乏想象力。在诗歌史上，屈原、李白，还有李贺和李商隐，这些诗人都以具有丰富的想象力而著称。而中国的小说，我觉得更适合来谈论想象力的问题。中国文学中想象力最出色的，或者说最典型的，就是志怪传奇小说。志怪传奇小说，以及后来从它们辗转发展出来的神魔小说，最能体现中国文学的想象力，也最适合来讨论想象力的问题。

一、志怪传奇小说简史

首先简单回顾一下志怪传奇小说的简史。这里综合了过去学者们的研究，讲一下绵延近两千年的志怪小说的发展概况。

（一）唐以前——志怪、志人小说

根据南开大学李剑国教授《唐前志怪小说史》的划分，唐前小说的发展阶段可笼统分为先秦、两汉和魏晋南北朝。先秦和两汉，是一个酝酿和初步成熟的时期，这个时期的志怪小说，还没有完全成熟，只是一个雏形期。魏晋南北朝时期是志怪小说完全成熟的时期。

先秦时期的志怪小说主要是地理博物书、卜筮书等，其代表作，这里只提一部——《山海经》。《山海经》被明代胡应麟称为"古今语怪之祖"，这本书里边包含了很多神话和传说的内容,尤其是在"海经"这一部分,比如说大家都很熟悉的"刑天舞干戚""夸父逐日",还有羲和生十日这样的传说,都记载在"海经"里。《山海经》里的传说和神话人物都很奇怪,它里面出现的一些人物形象,往往都是人头兽身。比如说"海经"里,提到过一个叫相柳氏的人物,他长着九个人头,但身子是一条蛇,后来被大禹杀掉了。这个形象很古怪,很可怕。《山海经》里有很多这样奇怪的形象,鲁迅的《中国小说史略》谈到中国志怪小说的源头时说:"中国之神话与传说,今尚无集录为专书者,仅散见于古籍,而《山海经》中特多。"志怪小说,如果追根溯源,可以追溯到这些神话和传说。

接下来是两汉——西汉和东汉,志怪小说又往前发展了一步。此时原有的地理博物体的志怪小说进一步发展成熟,又出现了跟史传比较接近的写神仙异人的传记,称为"杂史""杂传"。两汉的杂史杂传和地理博物体志怪小说,鲁迅称其"大旨不离乎言神仙",讲的都是一些求仙访道的人的故事,经常提到的就是汉武帝。汉武帝是中国历史上特别热衷于求仙问道的皇帝,所以两汉时期的小说里经常出现汉武帝这个人物,内容都是讲他怎么样求仙问道的。这个时期流传下来的小说大概有十种，不过这十种，鲁迅先生认为都不是汉朝人的作品。但今天有学者经过考证认为，这十种小说基本上都是汉代的。这个问题本身有争论，还要进一步研究。

再接下来就是魏晋南北朝，也就是志怪小说完全成熟的时期。这一时期出现了很多书，书名里就有"志怪"这两个字。所以，有学者认为，"志怪"这个词作为一种文体，就是出现在魏晋南北朝这一时期。所谓志，就是记；所谓怪，就是各种怪物、怪人、怪事；记录各种怪物、怪人和怪事的文章就称为志怪。魏晋南北朝时期的志怪题材非常广泛，也出现了很多著名的志怪小说集。根据统计，今天可见的就有三十种左右。这一时期志怪小说的特点，鲁迅先生言其"粗陈梗概"，就是篇幅很短小，一百个字，二百个字，讲一个非常简单的故事梗概。它不像今天的小说有细腻的描写、华美的语言、曲折的情节。这个时期志怪小说的作者或编撰者包括两类人：第一类是道教徒和佛教徒，他们编撰志怪小说是为了宣传教义；第二类是当时的一些文人，文人编撰志怪小说，也是要来宣传鬼神的存在。像东晋著名的小说家干宝,他编撰了一本经典的志怪小说集《搜神记》,他在这本书的序言里说他编《搜神记》是为了"明神道之不诬",也就是要证明鬼神之事是真实存在的。也有一些人编志怪小说集,可能完全是为了好玩,无所为而为。当然还有其他各种原因,这里不展开细说了。

(二)唐人小说(包括唐传奇)——中国文言小说第一个高峰

唐人小说是中国文言小说的第一个高峰。唐朝一共二百九十年,据统计,现存小说约有一百八十五种,其中单篇小说约一百一十种,小说集约七十五种。比魏晋南北朝时的三十种大大增加了。唐朝的文言小说,最繁荣的阶段集中在780年到879年这一百年,即唐德宗建中初年到唐懿宗乾符末年。唐代小说最繁荣的时期,跟唐诗的繁荣时期正好错开了。唐诗最繁荣是盛唐,唐人小说最繁荣是在中晚唐。

唐代小说跟六朝小说相比,有一个很重大的变化,明代学者胡应麟评价唐人小说时说:"至唐人乃作意好奇,假小说以寄笔端。"鲁迅《中国小说史略》的"唐之传奇文"这一篇也指出,唐代小说"与六朝之粗陈梗概者较,演进之迹甚明,而尤显者乃在是时则始有意为小说"。他认为六朝人不是有意地按照一种虚构的方式去写小说,唐朝人才开始这么做,这个说法我不是特别赞同。其实,六朝时期有一些文人像干宝就已经有点有意为小说的意思了。不过,唐朝人通过小说的创作,来抒发自己的思想和情感,"假小说以寄笔端",有意为小说的自觉性确实变得十分明显了。唐朝的小说除了这种创作意识、创作动机的变化,在艺术特色上也有变化。鲁迅称其"叙述宛转,文辞华艳","大率篇幅曼长,记叙委曲";而且小说里边,有时也会"托讽喻以纾牢愁,谈祸福以寓惩劝"(鲁迅《中国小说史略·唐之传奇文(上)》),即通过小说来抒情达志、劝善惩恶,表达一种特定的主题思想。

唐代的单篇小说中有不少名篇,比如《古镜记》《枕中记》《南柯太守传》《谢小娥传》《李娃传》《莺莺传》《霍小玉传》《柳毅传》《无双传》《虬髯客传》等。小说集质量比较高的有《广异记》《玄怪录》《续玄怪录》《纂异记》《宣室志》《酉阳杂俎》《传奇》等。今天我们想要了解唐代小说,有不少比较可靠的选本和总集可供挑选,像选本比较重要的有鲁迅辑《唐宋传奇集》、汪辟疆校录的《唐人小说》、张友鹤编注的《唐宋传奇选》。总集比较重要的则有李时人主编的《全唐五代小说》、陶敏主编的《全唐五代笔记》、李剑国纂辑的《唐五代传奇集》等。

唐代小说——尤其是传奇——所取得的巨大成就在宋代就已经被人赞誉为可以跟唐诗并称为"一代之奇"了。它对后来小说和戏曲的影响之大,是无论怎样估价都不过分的。这是唐代小说的基本情况。

这里还要再补充说明一下"传奇"和"小说"的问题。我不太赞同用"传奇"来概称唐代的小说,而主张用"唐人小说"这个说法,这更能够准确地概括全部的唐代小说。今天很多学者也都认为"唐传奇"只能代表唐代小说的一部分,甚至是比较小的一部分。如果只说唐传奇,会遗漏唐代小说的很大一部分。"传奇"作为文体名称,早在宋代就出现了,它作为一种被广泛接受的文体名称则是鲁迅确定的,但现在有一些研究者认为,鲁迅确定的这个文体名称并不能概括全部的唐代小说,所以这里我还是用"唐人小说"来指称全部的唐代小说。

"传奇"这个词这里稍微解释一下,传奇跟志怪,是对仗对应的两个词。志怪是记录奇怪的人和事物,传奇也是传写奇怪的人和事物。"传奇"应该念传(chuán)奇,还是应该念传(zhuàn)奇,学术界也有争论。如果读成传(zhuàn)奇,那就是给某个人写一个传记,给奇人异事、奇人异行写一个传;如果读成传(chuán),传就是传写和传录之意,即传写或记录一些奇人奇事;两者都讲得通。平时读得比较多的还是传(chuán)奇,作为小说文体名称来用,那就是一个名词了。

(三)宋金元明的低落期

文言小说发展的第三个阶段,就是宋金元明时期。我们不做详细介绍,这是中国文言小说的衰落期。鲁迅《中国小说史略·宋之话本》里对宋代小说评价比较低:"宋一代文人之为志怪,既平实而乏文采,其传奇又多托往事而避近闻,拟古且远不逮,更无独创之可言矣。"

但宋朝人做过一件对文言小说功德无量的大事,应该说一下,那就是北宋太宗年间,李昉等人编了一部五百卷的文言小说总集——《太平广记》，把宋朝以前的文言小说分门别类加以收集，这对保存宋以前的小说文献资料实在是功不可没。要是没有这部书，宋以前的志怪传奇小说说不定有很大一部分我们今天都看不到了。

两宋及辽金元时期共三百一十九年，现存文言小说大约二百零六种。单篇中的名篇值得一提有《绿珠传》《杨太真外传》《梅妃传》等，小说集值得一提的有北宋刘斧编撰的《青琐高议》与南宋洪迈编撰的《夷坚志》。尤其后者，卷帙宏大，差不多跟《太平广记》相当了，明清时代的很多拟话本小说都曾从中取材，是小说素材的一个大宝库。宋代的小说，今天的人若想大概了解一下，可以看李剑国纂辑的《宋代传奇集》和程毅中编著的《古体小说钞·宋元卷》，宋元时代比较好的志怪传奇作品大都收在里边了。

明代的文言小说，鲁迅的《中国小说史略》基本没提，主要只谈白话小说，因为明代白话小说的成就确实比较高，把文言小说完全给挤到一边去了，让人很难注意到它们。但近二十多年来，研究明代文言小说的人多起来了，我们的了解也深入了一步。

根据南开大学宁稼雨教授《中国文言小说总目提要》(1996)一书的著录来统计,明代文言小说约有六百八十七种,其中志怪类八十二种、传奇类六十七种、杂俎类三百五十八种、志人类一百三十种、谐谑类五十种。其中包括了很多小说丛书、类书,不能算是创作。

如果根据陈国军教授《明代志怪传奇小说叙录》(2016)一书的著录来统计的话,那么明代的文言小说大约有二百种,其中单篇六十种,小说集一百四十种。他的著录标准比较严格,只收录志怪和传奇两类,所以数量比宁稼雨的少了很多。

明代的小说集数量不少,但值得一提的不多,大概可以举出《剪灯新话》《效颦集》《花影集》《庚巳编》《高坡异纂》《九籥集》《九籥别集》等。其中都收有一些比较好的志怪传奇之作。明代的单篇文言小说也乏善可陈,嘉靖、隆庆年间涌现出了一种特殊的小说类型,那就是被学界称为"诗文小说"或"中篇文言传奇"的文言小说。这种小说大都是讲述才子佳人的恋爱故事,全篇充斥着言情诗文,海誓山盟,悲欢离合,起伏跌宕,往往以大团圆结局,情节套路化,其中也含有一些志怪传奇的成分,但并不能视为志怪传奇小说,这里就不多说了。如果我们想对明代文言小说有一个初步了解的话,可以看程毅中先生编著的《古体小说钞·明代卷》。

宋金元明的志怪传奇小说,整体成就不算很高。我的看法,宋人小说还好一点,明朝的文言小说很大程度上笼罩在唐人小说的阴影之下,明人整理出版了不少唐人作品,也不遗余力地学习唐人小说的写作手法,所以明朝人的文言小说特别像唐人的作品。鲁迅对宋金元明时期的文言小说评价都不高,这里也不再细说了。

(四)清代文言小说

清代的文言小说又迎来了一个高峰,主要代表作,就是蒲松龄的《聊斋志异》。它代表了中国文言小说的第二个高峰。《聊斋志异》也继承了魏晋南北朝的志怪小说和唐人小说的衣钵,所以清朝的另外一个著名小说家纪晓岚就曾经批评《聊斋志异》"一书而兼二体",就是说它既包含志怪,也包含传奇,体例不纯,但这正好概括了《聊斋志异》文体上的一个重要特点。鲁迅《中国小说史略·清之拟晋唐小说及其支流》说它"用传奇法,而以志怪,变幻之状,如在目前；又或易调改弦，别叙畸人异行，出于幻域，顿入人间；偶述琐闻，亦多简洁，故读者耳目，为之一新"。又说"《聊斋志异》独于详尽之外，示以平常，使花妖狐魅，多具人情，和易可亲，忘为异类，而又偶见鹘突，知复非人"。

清代文言小说还有一部很重要的，经常和《聊斋志异》相提并论的作品，就是纪晓岚的《阅微草堂笔记》，这部作品是刻意地去学习魏晋南北朝志怪小说的写法，风格跟《聊斋志异》很不一样，也取得了很高的成就。鲁迅《中国小说史略·清之拟晋唐小说及其支流》评价《阅微草堂笔记》说："立法甚严，举其体要，则在尚质黜华，追踪晋宋……与《聊斋》之取法传奇者途径自殊……凡测鬼神之情状，发人间之幽微，托狐鬼以抒己见者，隽思妙语，时足解颐；间杂考辨，亦有灼见。叙述复雍容淡雅，天趣盎然，故后来无人能夺其席，固非仅借位高望重以传者矣。"后来很多作家模仿《聊斋志异》，形成了"聊斋"系列；也有很多人模仿《阅微草堂笔记》，形成了"阅微草堂"系列。

清代文言小说的数量很大，但目前学界的研究还不深入，具体数量也不是很清楚，根据占骁勇的《清代志怪传奇小说集研究》一书所列表格来粗略统计，清代创作出版的志怪传奇集大约有二百三十二种，除了上面提到的《聊斋志异》和《阅微草堂笔记》之外，水平比较高的还有《新齐谐》《小豆棚》《夜谭随录》《萤窗异草》《夜雨秋灯录》等。如果我们想大概了解一下清代小说，可以看看程毅中先生编著的《古体小说钞·清代卷》。

这就是清朝文言志怪传奇小说的大概情况。

二、志怪传奇小说想象力的两个主要表现

1. 以鬼魅、神仙、精怪等特殊的"人物"形象作为主人公，大量使用变形母题，发展出一种非写实性的小说艺术形式。

志怪传奇小说都是记载奇怪的人和他们的故事，很多都不是现实生活里能看到、能经历的，大都是非现实性的人物和故事。中国的文言志怪传奇小说主人公的种类，包括了神仙、精怪，还有鬼魅。在中国古代，"神"跟"仙"的意思并不一样："仙"，是人字旁，仙是人类经过修炼，长生不老，然后才成了仙；而"神"跟仙并

不完全一样，最早的神是指那些远古神话传说中的人物；其次，古人认为世间万物跟人类一样都有灵魂，它们的灵魂有时候就被称作神。此外，还有人类中的一些特殊人物死后也成了神，比如紫姑神和蒋山神。志怪传奇小说中第二类很常见的主人公，就是精怪。精怪就是世间事物年深岁久之后，就成了精，成精以后就获得了特殊的能力，能够变化形状，在很多情况下它是变成人类，也可以变成其他的物种。鬼魅的意思比较好懂，人死了魂魄就变成了鬼魅。神仙、精怪、鬼魅，这些特殊的人物形象就成为志怪传奇小说里边常见的主人公。

这种志怪传奇小说里的情节母题，最新奇也是最常见的，就是变形母题，尤其在以精怪为主角的小说里，变形母题出现得特别多。中国的志怪传奇小说，以鬼魅、神仙和精怪这些特殊的形象作为主人公，并且大量使用变形母题，创作出神奇的故事，在此基础上发展出了一种非写实性很强的小说艺术形式，体现出中国古代作家奇崛瑰玮的想象力。

在中国小说史上，写实性的小说也有很悠久的传统。其渊源和中国悠久的史传文学有关，是从史传文学辗转发展而来的。历朝历代的文言和白话小说里,都有写实性比较强的作品,比如唐人小说和宋元话本中的一些篇目,以及《金瓶梅》《儒林外史》《红楼梦》等。写实性很强的小说种类,也需要借助想象力,作家也需要有出色的想象力才能够写好现实题材的作品。但是相对而言,非写实性的小说对作家想象力的要求更高。下面就通过一些具体例子,来说明为什么非写实性的作品更需要作家具有出色的想象力。

第一个例子是《列异传》里的一篇精怪小说。《列异传》旧说是魏文帝曹丕所编。这篇小说很短,只讲了一个故事梗概,《搜神记》和《太平广记》里都收录了,篇名叫《细腰》:

> 魏郡张奋者,家巨富,后暴衰,遂卖宅与黎阳程应。应入居,死病相继,转卖与邺人何文。文日暮,乃持刀,上北堂中梁上坐。至二更竟,忽见一人,长丈余,高冠黄衣,升堂呼问:"细腰,舍中何以有生人气也?"答曰:"无之。"须臾,有一高冠青衣者,次之,又有高冠白衣者,问答并如前。及将曙,文乃下堂中,如向法呼之。问

曰:"黄衣者谁也?"曰:"金也,在堂西壁下。""青衣者谁也?"曰:"钱也。在堂前井边五步。""白衣者谁也?"曰:"银也,在墙东北角柱下。""汝谁也?"曰:"我杵也,在灶下。"及晓,文按次掘之,得金银各五百斤,钱千余万,仍取杵焚之,宅遂清安。

故事里的魏郡,相当于今天河北临漳一带,有个富户张奋,突然衰落变穷了,就把住宅卖给了别人。别人住进去以后,家里的人都病死了,他又转卖给另外的人,结果这个人从中挖出了金银财宝。这是一个凶宅型的掘藏故事。简单概括它的故事情节,就是掘藏,讲一个人在自己的住宅里边挖到了金银财宝。今天要在地里挖出金银财宝不容易,但在古代可能就有人在自己住的老宅子里,或者在墓地里挖到金银财宝。《细腰》讲的就是挖出金银财宝的故事,这个故事可以在现实生活里发生,它可以写成一个现实性很强的小说。但是《列异传》里的这个故事是按照精怪小说的思路来写掘藏的故事,体现出了一般人所不具备的想象力。

原本可以用很现实性的笔法来写,但在志怪小说里,却用了这样一种很奇特、很巧妙,也极具想象力的方式来写,也就是通过几个精怪的变形,营造出恐怖神秘的气氛,也制造了一个谜团。而在谜底揭穿以后,恐怖神秘的气息虽然消失了,但趣味仍在。

第二个例子叫《苏娥》,出自东晋干宝的《搜神记》。小说情节也很简单,可以概括为洗雪沉冤型故事。

> 汉九江何敞为交趾刺史,行部到苍梧郡高安县。暮宿鹄奔亭,夜犹未半,有一女从楼下出,呼曰:"妾姓苏名娥,字始珠,本居广信县修里人。早失父母,又无兄弟,嫁与同县施氏,薄命夫死。有杂缯帛百二十匹,及婢一人,名致富。妾孤穷羸弱,不能自振,欲之傍县卖缯,从同县男子王伯赁车牛一乘,直钱万二千,载妾并缯,令致富执缯。乃以前年四月十日到此亭外,于时日已向暮,行人断绝,不敢复进,因即留止。致富暴得腹痛,妾之亭长舍乞浆取火,亭长龚寿操戈持戟,来至车旁,问妾曰:'夫人

从何所来?车上所载何物?丈夫安在?何故独行?'妾应曰:'何劳问之。'寿因持妾臂曰:'少年爱有色,冀可乐也。'妾惧怖不从,寿即持刀刺胁下,一创立死,又刺致富,亦死。寿掘楼下合埋,妾在下,婢在上,取财物去,杀牛烧车,车釭及牛骨贮亭东空井中。妾既冤死,痛感皇天,无所告诉,故来自归于明使君。"敞曰:"今欲发出汝尸,以何为验?"女曰:"妾上下着白衣,青丝履,犹未朽也。愿访乡里,以骸骨归死夫。"掘之果然。敞乃驰还,遣吏捕捉,拷问具服,下广信县验问,与娥语合。寿父母兄弟悉捕系狱。敞表:"寿常律杀人,不至族诛。然寿为恶,隐密经年,王法自所不免。今鬼神自诉者,千载无一,请皆斩之,以明鬼神,以助阴教。"上报听之。

这个故事三国时期谢承《后汉书》里也有记载,只有很简短的几十个字:

  苍梧广信女子苏娥,行宿高安鹊巢亭,为亭长龚寿所杀,及婢致富,取其财物埋置楼下。交阯刺史周敞行部宿亭，觉寿奸罪，奏之，杀寿。

很显然，谢承《后汉书》作为史书，用的是很纪实的笔法。

两相比较，干宝《搜神记》的记载比谢承《后汉书》多了几百个字。这里面增加的，主要是鬼魂显灵，向官员倾诉冤情，请求他替自己申冤惩凶的部分，完全是非写实性的内容。作者想通过增加的部分告诉世人，一个人干了坏事，你瞒不过鬼神，终究要暴露。故事里鬼魂显灵替苏娥报仇雪恨的情节背后所隐含的信仰，就是当时流行的有鬼论或者有神论。按照谢承《后汉书》的写法，只要把现实中发生的这个事件的过程讲一遍就可以了，不需要太多的想象力，也跟任何信仰无关。但《搜神记》却要从被害人鬼魂显灵的角度来写，这就需要想象出一个具体生动的场景，还要想象出人物之间的对话，也要塑造出人物的性格。在这里，当然就是要塑造出被害者鬼魂不屈不挠的复仇意志。而所有这一切的核心则在于：当时的人们认为人死后鬼魂仍然会出来活动，为自己主持公道。这应该说是民众信仰所激发出的一种想象力,当后世这种信仰消失后,这类情节会更令人觉得富有想象力,并成为类似想象力的重要源泉。

第三个故事出自南朝刘宋刘义庆的《幽明录》,篇名叫《新死鬼》或者《新鬼》:

> 有新死鬼,形疲瘦顿。忽见生时友人,死及二十年,肥健,相问讯曰:"卿那尔?"曰:"吾饥饿殆不自任。卿知诸方便,故当以法见教。"友鬼云:"此甚易耳,但为人作怪,人必大怖,当与卿食。"新鬼往入大墟东头,有一家奉佛精进,屋西厢有磨,鬼就推此磨,如人推法。此家主语子弟曰:"佛怜吾家贫,令鬼推磨。"乃辇麦与之。至夕,磨数斛,疲顿乃去,遂骂友鬼:"卿那诳我?"又曰:"但复去,自当得也。"复从墟西头入一家,家奉道。门旁有碓,此鬼便上碓,为人舂状。此人言:"昨日鬼助某甲,今复来助吾,可辇谷与之。"又给婢簸筛。至夕,力疲甚,不与鬼食。鬼暮归,大怒曰:"吾自与卿为婚姻,非他比,如何见欺?二日助人,不得一瓯饮

食。"友鬼曰:"卿自不偶耳,此二家奉佛事道,情自难动。今去可觅百姓家作怪,则无不得。"鬼复去,得一家,门首有竹竿,从门入。见有一群女子,窗前共食。至庭中。有一白狗,便抱令空中行,其家见之大惊,言自来未有此怪。占云:"有客鬼索食,可杀狗,并甘果酒饭,于庭中祀之,可得无他。"其家如师言,鬼果大得食,自此后恒作怪,友鬼之教也。

这个故事的核心意思讲的是生活的经验和教训,如果把它还原到现实生活的场景里,就是一个新手,做事情没有经验,于是向有丰富经验的老人家请教,经历了若干次失败,然后获得成功。但这个故事却通过一种很奇异的方式,从鬼魂的角度来讲生活的经验和教训,就让人觉得耳目一新,特别奇诡。很多志怪小说会把鬼写得很恐怖,但是也有不少把鬼写得很可怜,不像平时所想象的鬼那样可怕。在这篇小说里,鬼就跟人差不多,人里边的新手没有经验,刚刚做了鬼的新鬼也不知道该怎么去做鬼,也没有经验。好像他在人世间所获得的经验到了另外一个世界,完全清零了,必须重新开始。这种想法令人觉得很意外,匪夷所思,这里边就表现出一种想象力,有点异想天开。因为任何作者都不会有做鬼的经验,因此他必须调动想象力,从并不存在的鬼的角度去设身处地地想象鬼可能经历的那一切,并让他的想象跟现实生活与民间信仰之间形成一种完美而有趣的对接,相互印证或解释。如果作者完全按照写实性的笔法来写这种故事,也许就根本写不出这个故事了,更别说发挥其奇谲的想象力了。

接下来我要讲的是志怪传奇小说里一个很重要的类型——精怪小说,从这个小说类型来进一步探讨古代作家出色的想象力。

精怪小说里最重要的要素就是变形母题。没有变形母题,就没有精怪小说,也没有后来的神魔小说,我国古典小说的成就会要大打折扣。没有变形情节的话,《西游记》还会有我们现在看到的这么有意思吗?《西游记》里边最有意思的就是变形嘛,七十二变的孙悟空,变来变去的妖魔鬼怪。所以说,没有六朝志怪和唐人小说的变形,就没有《西游记》。没有六朝志怪和唐人小说的变形,就没有《聊斋志异》,甚至也没有

《阅微草堂笔记》。变形母题对中国古典小说的重要意义不言而喻，不仅仅是对中国的小说，对其他各国的小说同样很重要。变形母题是一种世界性的文学母题，在西方小说、日本小说里都有。而对于其他各国小说而言，变形母题的意义远没有像中国小说这么重大。

变形母题大致包含两种变形的方式，一种是动植物或者其他非人事物变成人类，另外一种是反过来，由人变成其他的动植物或者其他事物。变形是双向的。中国小说里，最多的还是动植物等其他事物变成人类，人类变成其他事物相对来说要少一点。其他各国变形的故事里，人类变成其他事物的反倒要多一些，这跟中国不太一样。

那么现在就有了一个很大的问题：变形这种事，我相信生活里不会有任何人亲身经历，也不会亲眼看见。我们的古人应该也不可能亲眼看到一只老虎、一只狐狸、一条蛇，变成了一个美女。既然大家都不可能亲身经历这样的变形事件，那为什么我们的古典小说里会出现如此之多的变形故事呢？我写过一篇很长的论文，专门研究这个问题，这里不能细讲，只说一下我的两个主要研究结论：

（1）之所以在人类的想象和艺术思维里，会出现变形的母题，这和原始时代的图腾崇拜有关系。图腾崇拜指人类认为自己的祖先、自己的血缘是来自于一种人类之外的动植物，从而将某种动植物视为自己的图腾，视为祖先来崇拜。崇拜某种图腾的部族，会把图腾雕刻成雕像带在身上，或者放在建筑上，有种种崇拜的仪式。他们相信图腾动植物可以变成人，人也可以变成图腾动植物。但是从图腾崇拜发展到后来的精怪小说，现在已不清楚经过了哪些中间环节，但两者之间应该是有一定渊源关系的。

（2）我们有很多古文献证据，说明中国古人认为世间万物年深岁久之后，都可以成精，都可以变形。东汉王充的《论衡·订鬼》就说："鬼者，老物精也。夫物之老者，其精为人，亦有未老，性能变化，象人之形。"现在也有俗语叫"老得成了精"。晋代郭璞的《玄中记》就很具体地说明了一种动物如何变成人：

> 狐五十岁，能变化为妇人。百岁为美女，为神巫。或为丈夫与女人交接。能知千里外事。善蛊魅，使人迷惑失智。千岁即与

天通，为天狐。

从《玄中记》可以看到，动物变化的本领与它的岁数有关，岁数越大，变化能力越强。所以《西游记》里的妖魔鬼怪，能够变化多端，都是多年动物老成了精。东晋葛洪的《抱朴子·登涉》中也有类似的说法："万物之老者，其精悉能假托人形，以眩惑人目而常试人，唯不能于镜中易其真形耳。"葛洪是一个道士，他说道士到山里去寻仙访道，去修炼，经常会碰到精怪骚扰，这个时候带一面铜镜，如果有精怪骚扰，拿铜镜一照，它就恢复了原形。葛洪这个说法和后来的照妖镜有些类似，至少照妖镜的来历能在这里找到一个源头。关于物老成精的观念，干宝的《搜神记》里也有详细的论述：

> 千岁之雉，入海为蜃；百年之雀，入江为蛤；千岁龟鼋，能与人语；千岁之狐，起为美女；千岁之蛇，断而复续；百年之鼠，而能相卜。数之至也。

之所以发生这些变化，干宝认为是"数之

至也",即时间足够长久,机遇来了,变化就自然发生了。也有因为气的反乱背逆而造成的反常变化,比如人生兽,兽生人,男化为女,女化为男,人化为虎,等等。但不管如何变化,干宝认为都有其缘由,都是可以解释的。还有很多这类说法,这里就不细说了。

接下来讲一下变形母题与精怪题材相结合,生成的一个重要的小说类型:精怪小说。其中的变形主要表现为:精怪变成人类。变形的母题,和中国文言小说里的精怪小说结合得最为紧密。其他讲鬼、讲神、讲仙的小说里,也有变形的母题,但不如精怪小说用得如此普遍。应该说,凡是精怪小说里边都会有变形。

首先看一下精怪变形故事的简单形态:人遇到精怪——人与精怪共处——精怪现出原形逃跑。共处的时间大都在夜晚,不是白天;一般都是某个人迷了路,在山里边、在野外碰到了一个人或一群人,跟他们相处了一个晚上,等到天亮的时候精怪现出原形,变成一个动物或其他什么东西,然后逃跑了,或者是被这个人给打死了。不过要注意的是,这种简单的形态,并不是说它形态简单,故事简单,没有艺术性,而是指它的情节可以很简单地加以概括。实际上，从魏晋南北朝的志怪小说一直到《聊斋志异》，简单的形态也可敷衍出很多精彩的故事。比如东晋干宝《搜神记》中的一个夜遇精怪故事，就很简单也很美：

> 鄱阳人张福，船行还野水边，忽见一女子，甚有容色，自乘小舟，来投福，云："日暮畏虎，不敢夜行。"福曰："汝何姓？作此轻行，无笠雨驶？可入船，就避雨。"因共相调，遂入就福船寝。以所乘小舟系福船边。三更许，雨晴月照，福视妇人，乃是一大白鼍，枕臂而卧。福惊起，欲执之，遽走入水。向小舟，是一枯槎段，长丈余。

细雨蒙蒙的天气，一个长得很美的姑娘乘着小舟，在湖面上划过来，张福就请她到自己船上避雨，这个姑娘也没有拒绝，上到张福船上，两个人互相开玩笑，然后姑娘就到船里跟张福共寝。小说里没有多少细节描写，如果是后来的小说，或者今天的小说，大概会有比较详细的对话描写、表情描写、心理描写,然后两个人才能成其好事。这里什么都没有,三言两语两个人就共寝了。文中还交代了一个细节:姑娘以所乘小舟系张福船边。三更天气,雨晴月明,张福发现睡在身边的女孩子恢复了原形——大鼍,这是南方水中一种很凶猛的动物,有点像鳄鱼。张福也没有感到很惊恐,他直接想去抓,结果大鼍动作非常敏捷,立即跳到水里逃走了。张福再看姑娘刚才划的小舟,原来是一丈多长的一段枯木。这是一个典型的简单形态的精怪小说,一个水中的丑陋动物变成了一个美女,跟人世间的一个男子有一夕之好,到天亮姑娘恢复原形,跳到水中逃跑了。这个故事里看不出任何作者想表达的主题思想,只能说它表现了一种传说的意趣。可能当时民间有很多这种故事流传,干宝听到了就把它记下来了,他也不是像后来《聊斋志异》里边的故事,要表达一种主题思想。但这种故事有一种古朴质拙的趣味。鲁迅先生就特别喜欢六朝的志怪。打个比方,今天的陶瓷器具,我们可以造得很精美,但是为什么我们仍然喜欢古董陶器,就是因为它们古朴质拙,有一种特殊的美感。

接下来再看唐代小说。唐代的精怪小说数

量巨大,这里选牛僧孺《玄怪录》里的一篇《元无有》来谈。小说的主人公叫元无有,即根本就没有的意思。主人公的名字,意味着这个故事就是作者虚构出来的。汉赋里有"子虚""乌有""亡是公"这样的名字,也是说这篇赋是虚构的意思。元无有这个名字,就是模仿了汉赋里"子虚""乌有""亡是公"这样的名称构造法。唐代小说有一些就是故意通过主人公的名字来说明该小说是虚构的,这就体现出他是在有意识地创作小说了。下面我们来看一下《元无有》这篇小说:

宝应(唐代宗年号)中,有元无有,尝以仲春末,独行维扬郊野。值日晚,风雨大至。时兵荒后,人户逃窜,入路傍空庄。须臾霁止,斜月自出。无有憩北轩,忽闻西廊有人行声。未几至堂中,有四人,衣冠皆异,相与谈谐,吟咏甚畅。乃云:"今夕清秋,风月如此,吾党岂不为一言,以纪平生之事?"其文即曰口号联句也。吟咏既朗,无有听之甚悉。其一衣冠长人曰:"齐纨鲁缟如霜雪,寥亮高声予所发。"其二黑衣冠短陋随人曰:"嘉宾良会清夜时,辉煌灯烛我能持。"其三故弊黄衣冠人,亦短陋,诗曰:"清泠之泉俟朝汲,桑绠相牵常出入。"其四黑衣冠,身亦短陋,诗曰:"爨薪贮水常煎熬,充他口腹我为劳。"无有亦不以四人为异,四人亦不虞无有之在堂隍也。递相褒赏,虽阮嗣宗《咏怀》,亦不能加耳。四人迟明方归旧所,无有就寻之,堂中惟有故杵、灯台、水桶、破铛,乃知四人即此物所为也。

一个风雨之夜,元无有在扬州郊外见到四个人在一起吟诗唱和,他们所吟的诗很值得注意,每一首诗都是一个谜语,而谜底就是吟诗人的原形。等到天亮的时候,这四个人突然一下就不见了,元无有在屋里到处找,结果找到了四个很破旧的物品,一个是杵,一个是灯台,一个是水桶,一个是破铛,都是家里的日常器具,不过都已经很破旧,年深月久,所以才成了精。这也是一种很简单的小说形态,不过它里面增加了更多的人类生活的内容,是按照唐代的文人形象来塑造这几个精怪,因为唐代文人在一起很喜欢吟诗唱和,所以精怪也像唐代的文人一样，见了面，也一起吟诗唱和。

接下来跳过宋金元明直接看《聊斋志异》。《聊斋志异》里，精怪小说仍然是所占比例很高的一个小说种类。蒲松龄的笔下，精怪小说情节同样不复杂，但写法就更进一步，表现了更高的想象力和艺术技巧。蒲松龄不仅是中国古代短篇小说的大师，即使放到世界小说史上，他也是当之无愧的大师。蒲松龄的笔下，精怪小说即使情节很简单，细节的安排也跟唐人不一样，跟六朝志怪更不一样。我们来看看《郭秀才》这一篇：

> 东粤士人郭某，暮自友人归，入山迷路，窜榛莽中。更许，闻山头笑语，急趋之，见十余人，藉地饮，望见郭，哄然曰："坐中正欠一客，大佳！大佳！"郭既坐，见诸客半儒巾，便请指迷，一人笑曰："君真酸腐。舍此明月不赏，何求道路？"即飞一觥来。郭饮之，芳香射鼻，一引遂尽。又一人持壶倾注，郭故善饮，又复奔驰吻燥，一举十觞，众人大赞曰："豪哉！真吾友也！"郭放达喜谑，能学禽语，无不酷肖，

离坐起溲，窃作燕子鸣，众疑曰："半夜何得此耶？"又效杜鹃，众益疑。郭坐，但笑不言。方纷议间，郭回首为鹦鹉鸣曰："郭秀才醉矣，送他归也！"众惊听，寂不复闻，少顷又作之，既而悟其为郭，始大笑，皆嗫口从学，无一能者。一人曰："可惜青娘子未至。"又一人曰："中秋还集于此，郭先生不可不来。"郭敬诺。一人起曰："客有绝技，我等亦献踏肩之戏，若何？"于是哗然并起。前一人挺身矗立，即有一人飞登肩上，亦矗立，累至四人，高不可登，继至者，攀肩踏臂，如缘梯状，十余人顷刻都尽，望之可接霄汉。方惊顾间，挺然倒地，化为修道一线。郭骇立良久，遵道得归。翼日，腹大痛；溺绿色，似铜青，着物能染，亦无溺气，三日乃已。往验故处，则肴骨狼藉，四围丛莽，并无道路。至中秋，郭欲赴约，朋友谏止之。设斗胆再往一会青娘子，必更有异，惜乎其见之摇也。

这个小说讲郭秀才碰到了一个十分神奇的精怪——路精。蒲松龄之前的精怪小说，各种各样的动物、植物、物品都被写过了，它们都可以变成精怪，但是路精这个精怪，基本上没有人写过，一般人想不到天天踏在脚下走的这条道路也能够成精作怪。路怎么能成精呢，又不是一个具体的可以移动的物品，所以一般人都不会往这方面去想。但蒲松龄想到了！而且小说的情节构造得非常巧妙。郭秀才迷了路，他要找回家的路，结果恰恰就碰到了路精。路精怎样给他指路呢？不是告诉他朝前面走一百米，再右拐，再往前走一百米，而是他们先变成人，把郭秀才叫来一起喝酒，喝着喝着给他表演叠罗汉的绝技，叠了一个很高的罗汉，结果轰地倒下来，变成了一条路，郭秀才沿着这条路就走回了家。这个情节设计非常巧妙，跟六朝志怪、唐人小说里精怪恢复原形的方法都不一样。蒲松龄之前的小说里，精怪恢复原形的方式几乎千篇一律，都是说精怪不能生活在阳光下，所以天一亮他们一下就恢复了原形，太简单了，没有什么技巧性，任何人都可以写，而蒲松龄能在简单的形态里，用非常规的思维写得特别复杂、巧妙，所以他真是个高手，真是很有想象力。

接下来我再来讲一下精怪小说的一个复杂形

态,主要讲其中一种特殊的小类,叫作谐隐精怪小说。谐隐精怪小说里除了有精怪变形的因素,还有谐隐的因素。"谐",就是诙谐的趣味。"隐",就是谜语,或者说隐语,就是用谜语的手法,来暗示精怪的原形。谐隐精怪小说是中国古典小说里一个十分特别的种类,在其他各国的文学里都很少见到,它是跟中国语言文字的特征息息相关的一种小说形式,若不在汉语这种语言文字体系里,这种小说就很难写出来。谐隐精怪小说的萌芽,也可以追溯到六朝志怪,只是比较少,更多的见于唐人小说。

先来看六朝志怪里一个比较典型的例子,东晋的《荀氏灵鬼志》里有一个简短的片段:

> 有士人姓邹,坐斋中,忽有一人通刺诣之,题刺云:舒甄仲。既去,疑其非人,寻其刺,曰:吾知之矣,是予舍西土瓦中人耳。便往,令人将锸掘之,果于瓦器中得桐人,长尺馀。(《太平御览》卷七百六十七引《灵鬼志》)

有个邹姓士人坐在书斋里,突然来了一个人通刺拜谒，刺就是名片，名片上写着这人的名字，叫舒甄仲。请注意，这名字里边是有玄机的。两个人交谈了一阵子，客人就走了。小说没有说他们谈了什么。邹姓士人觉得客人的表现很奇怪，觉得他可能不是人，他就琢磨名片上面"舒甄仲"这个名字，琢磨了半天，恍然大悟，发现把"舒甄仲"这个名字拆成七个字，就变成了一句话，叫"予舍西土瓦中人"，我是你房子西边瓦片下边的一个人。那这当然不可能是人了，人怎么可能住在瓦片下边？邹姓士人就带仆人拿了锄头，到房子西边瓦片下面去挖，结果挖出了一个用桐木雕刻的小人。原来是这个桐木小人在作怪。这个桐人可能是古代墓葬里的一种陪葬品，也有可能是一种小儿的玩具，但前者的可能性比较大。桐人年深月久，就成精变成了人，来拜访主人，而且还拿着名片，名片上的名字就告诉了我们他的身份，他的原形，以及他的来处。这里用了字谜的手法——拆字法，破这个字谜就要拆字。这就是谐隐精怪小说早期的一种简单形态。

到了唐代，谐隐精怪小说发扬光大，出现了很多特别精彩的作品，技巧也变得非常复杂。这里讲一篇篇幅不长，但非常巧妙、非常有趣的谐隐精怪小说——中晚唐时期张读《宣室志》里的《杨叟》：

乾元初，会稽民有杨叟者，家以资产丰赡闻于郡中。一日，叟将死，卧而呻吟，且经数月。叟有子曰宗素，以孝行称于里人，迫其父病，罄其产以求医术。后得陈生者究其原，曰："是翁之病心也。盖以财产既多，其心为利所运，故心已离去其身。非食生人心，不可以补之，而天下生人之心，焉可致耶？舍是则非吾之所知也。"宗素闻之，以生人之心固莫可得也，独修浮屠氏法，庶可以间其疾。即召僧转经，命工绘图铸像，已而自贲食，诣郡中佛寺饭僧。一日，因挈食去，误入一山径中，见山下有石龛，龛有胡僧，貌甚老瘦枯瘠，衣褐毛缕成袈裟，踞于磐石上。宗素以为异人，即礼而问曰："师何人也？独处穷谷，以人迹不到之地为家，又无侍者，不惧山野之兽有害于师乎？不然，是得释氏之法者耶？"僧曰："吾本是袁氏，某祖世居巴山。其后子孙，或在弋阳，散游诸山谷中，尽能绍修祖业。

为林泉逸士，极善吟啸。又好为诗者，多称于人，其名于是稍闻于世。别有孙氏，亦族也，则多游豪贵之门，亦以善谈谑，故又以之游于市肆间。每一戏，能使人获其利焉。独吾好浮屠氏，脱尘俗，栖心岩谷中不动。而在此且有年矣。常慕歌利王割截身体，及萨埵投崖以饲饿虎，故吾啖橡栗，饮流泉。恨未有虎狼噬吾，吾亦甘受之。"宗素因告曰："师真至人，能舍其身而不顾，将以饲山兽，可谓神勇俱极矣。然弟子父有疾已数月，进而不瘳，某夙夜忧迫，计无所出。有医者云：是心之病也，非食生人心，则固不可得而愈矣。今师能弃身于豺虎，以救其馁，岂若舍命于人，以惠其生乎？愿师详之。"僧曰："诚如是，果吾之志也。檀越为父而求，吾心岂有不可之意。且以身委于野兽，曷若救人之生乎？然今日尚未食，愿致一饭而后死也。"宗素且喜且谢，即以所挈食致于前，僧食之立尽，而又曰："吾既食矣，当亦奉命，然俟吾礼四方之圣也。"于是整其衣，出龛而礼。礼四方已毕，忽跃而腾上一高树。宗素以为神通变化，殆不可测。俄召宗素,厉声叱曰:"檀越向者所求何也?"宗素曰:"愿得生人心,以疗吾父疾。"僧曰:"檀越所愿者,吾已许焉。今欲先说《金刚经》之奥义,且闻乎?"宗素曰:"某素尚浮屠氏,今日获遇吾师,安敢不听乎?"僧曰:"《金刚经》云:过去心不可得,现在心不可得,未来心不可得,檀越若要取吾心,亦不可得矣。"言已,忽跳跃大呼,化为一猿而去。宗素惊异,惶骇而归。

这是发生在浙江会稽(今绍兴)的一个故事:一个姓杨的老人杨叟,家里很有钱,但得了重病,奄奄一息。他的儿子杨宗素很孝顺,到处求医问药,给他治病。有一个姓陈的医生说你父亲这个病是心病,要吃一个活人的心脏,才能治好。杨宗素听了,没办法。但他是个信佛的在家居士,他就到庙里边去斋僧,做功德,希望能够治好他父亲的病。有一天他拎着一篮子好吃的,到了山里,看到山壁上有一个石龛,有个从西域来的胡僧,穿得破破烂烂的,盘腿坐在石龛上。杨宗素觉得这人是个高人,就过去施礼问对方是何人,独处于深山穷谷之中，不怕有野兽吃他吗？胡僧就说自己根本就不怕什么野兽，反而恨不得有野兽来，我正好可以效仿摩诃萨埵太子舍身饲虎的壮举。舍身饲虎，这是一个有名的佛教故事，说印度有个叫摩诃萨埵的仁慈太子舍身饲虎，救了快要饿死的老虎的命，敦煌壁画里就有这个故事。杨宗素一听，觉得这不正好可以请他去治父亲的病吗？于是就向胡僧讲明了情况。胡僧答应捐出心脏，但先要饱餐一顿，做一个饱死鬼。杨宗素就给了胡僧一篮子好吃的，胡僧风卷残云，一气吃了个精光，然后他就说了，我要先拜一拜四方的神圣。杨宗素说"好"，胡僧就忽地腾上一棵高树，把杨宗素叫过来，问他刚才找自己要什么？宗素说要你的心脏去给我父亲治病啊。胡僧就说了，我已经答应了，但是我现在要先跟你说一说《金刚经》里一段话的奥义。杨宗素说"好"。胡僧就说，《金刚经》里边有这么一句话，叫"过去心不可得，现在心不可得，未来心不可得，檀越若要取吾心，亦不可得矣"。你要得到我的心，那是痴心妄想。说完了，忽跳跃大呼，化为一猿而去。宗素受了惊吓，惊慌地回家去了。

到这儿我们都看出来了，这个胡僧实际上是一只猿猴变的。他说完《金刚经》里的这段话以后，就恢复了原形，跳到树上跑掉了。其实这个故事的前半部分中有一段话，已经暗示了胡僧的身份。当杨宗素问他是什么人，他说了很长的一段话来介绍自己，这段话就运用了谐隐精怪小说中十分典型的谐隐手法。"胡僧"这个词呢，从字面看就是指西域来的僧人，一个有着胡人面相的高僧。但"胡僧"在南方方言里和"猢狲"的读音也差不多。因此，"胡僧"这个词已经暗示了这个僧人的原形就是一个猢狲。再来看胡僧回答杨宗素的这段很长的话，里面有几句比较关键的，也暗示了他的原形是什么。比如，他说我"本是袁氏"，猿猴里边有一个猿字，人的姓氏里也有一个袁姓。"祖世居巴山"，"巴东三峡巫峡长，猿鸣三声泪沾裳"，长江三峡两岸山上猿猴很多，"两岸猿声啼不住，轻舟已过万重山"嘛。"其后子孙，或在弋阳，散游诸山谷中"，弋阳在江西，在古代也是以出产猿猴著称，这也暗示他是个猿猴。"散游诸山谷中"，猿猴不就住在山谷里吗？"林泉逸士，极善吟啸"，这也暗示他是个猿猴，喜欢啼啸。"孙氏，亦族也"，姓孙的人家跟他们也是一族的，即指"猢狲"。"多游豪贵之门，亦以善谈谑，故又以之游于市肆间。每一戏，能使人获其利焉"，这句话其实就是说猿猴或者猢狲耍猴戏，能够替主人赚钱。后边他又说我"啖橡栗，饮流泉"，猴子吃橡子或者板栗这些野果子，喝山中的泉水，这还是暗示他的原形就是猴子。所以，胡僧自我介绍的这段话里，几乎每一句都在告诉我们他的身份、他的原形就是一只猴，而杨宗素没有听出来。我们如果不知道这是一篇精怪小说，或是没有看到结尾，我们也不一定能够明白他话里有话、弦外有音。这是精怪小说的一种特殊形态。只有看到最后结尾的时候，我们才恍然大悟前边情节里人物的对话另有文章，就会要回过头来再仔细地揣摩一下。这种小说对阅读提出了特殊要求，可能需要我们看第二遍、第三遍，看完还能回味无穷。而且你还不一定能把每句话里隐藏的弦外之音都看出来，因为他会用很多典故，胡僧的话里用的典故还不算很深奥，有一些小说里会用很多很深奥的典故，不熟悉典故的人可能会看不明白。

这种用典故较深的也可举一个例子，出自晚

唐李玫的《纂异记》：

> 进士杨祯，家于渭桥。以居处繁杂，颇妨肄业。乃诣昭应县，长借石瓮寺文殊院。居旬余，有红裳既夕而至，容色姝丽，姿华动人。祯常悦者皆所不及。徐步于帘外，歌曰："凉风暮起骊山空，长生殿锁霜叶红。朝来试入华清宫，分明忆得开元中。"祯曰："歌者谁耶，何清苦之若是？"红裳又歌曰："金殿不胜秋，月斜石楼冷。谁是相顾人，褰帷吊孤影。"祯拜迎于门。既即席。问祯之姓氏。祯具告。祯祖父母叔兄弟中外亲族，曾游石瓮寺者，无不熟识。祯异之曰："得非鬼物乎？"对曰："吾闻魂气升于天，形魄归于地，是无质矣，何鬼之有？"曰："又非狐狸乎？"对曰："狐狸者，接人矣，一中其媚，祸必能及。某世业功德，实利生民。某虽不淑，焉能苟媚而欲奉祸乎！"祯曰："可闻姓氏乎？"曰："某燧人氏之苗裔也。始祖有功烈于人，乃统丙丁，镇南方。复以德王神农、陶唐氏。后又王于西汉。因食采于宋，远祖无

忌，以威猛暴耗，人不可亲，遂为白泽氏所执。今樵童牧竖，得以知名。汉明帝时，佛法东流。摩胜、竺法兰二罗汉，奏请某十四代祖，令显扬释教，遂封为长明公。魏武季年，灭佛法，诛道士，而长明公幽死。魏文嗣位，佛法重兴，复以长明世子袭之。至开元初，玄宗治骊山，起华清宫，作朝元阁，立长生殿。以余材因修此寺。群像既立，遂设东幢。帝与妃子自汤殿宴罢，微行佛庙，礼陁伽竟。妃子谓帝曰：'当于飞之秋，不当今东幢岿然无偶。'帝即日命立西幢，遂封某为西明夫人。因赐琥珀膏，润于肌骨；设珊瑚帐，固予形貌。于是巽生及蛾郎，即不复强暴矣。"祯曰："歌舞丝竹，四者孰妙？"曰："非不能也。盖承先祖之明德，禀炎上之烈性，故奸声乱色，不入于心。某所能者，大则铄金为五兵，为鼎鼐钟镛；小则化食为百品，为炮燔烹炙；动即煨山岳而烬原野；静则烛幽暗而破昏蒙。然则抚朱弦，咀玉管，骋纤腰，矜皓齿，皆冶容之末事，是不为也。昨闻足下有幽隐之志，籍甚既久，愿一款颜。由斯而来，非敢自献。然宵清月朗，喜觌良人，桑中之讥，亦不能耻。傥运与时会，少承周旋，必无累于盛德。"拜而纳之。自是晨去而暮还，唯霾晦则不复至。常遇风雨，有婴儿送红裳诗，其词云："烟灭石楼空，悠悠永夜中。虚心怯秋雨，艳质畏飘风。向壁残花碎，侵阶坠叶红。还如失群鹤，饮恨在雕笼。"每侵星请归，祯追而止之。答曰："公违晨夕之养，就岩谷而居者，得非求静，专习文乎？奈何欲使采过之人称君违亲而就偶。一被瑕玷，其能洗涤乎？非但损公之盛名，亦当速某之生命耳。"处半年，家童归，告祯乳母。母乃潜伏于佛榻，俟明以观之。果自隙而出，入西幢，澄澄一灯矣。因扑灭，后遂绝红裳者。

这篇小说所写的精怪是颇有些出人意料的。故事中的红衣女子同样来了一段自我介绍，跟胡僧的自我介绍一样，她也用了很多典故，我们需要查工具书才可能将里边的每一句话都弄懂。这里只能简单说一下。这个女子说，她的祖先是燧人氏的苗裔，她是燧人氏的后人。我们都知道"钻燧取火"的传说,看到这儿就大概知道了红衣女子可能跟火有什么关系。后边讲的也都是跟火有关的故事和典故,但杨祯没有听出来她的身份到底是什么,红衣女子也没有揭示自己的身份到底是什么。后来杨祯的乳母知道了之后担心杨祯被精怪迷惑,所以晚上她就躲在一边偷看,结果看到这个姑娘从门缝里飘然而出,进入了旁边的庙里,变成了一盏灯上面的小火苗。原来它就是庙里长明灯上的灯火成精,变成了一个红衣女郎。这是一个特别优美的形象,这个想象特别巧妙,也特别奇谲。

后来《封神演义》里就借用了火苗成精的这个创意。《封神演义》第六十三回和第六十四回,出现了一个很厉害的武将,叫马善,属于殷郊阵营,姜子牙这边的邓九公上阵,把马善活捉了,姜子牙让南宫适把他捆起来,要把他处死。南宫适拿着大刀拦腰一刀砍过去,把这个人砍成两段,可令人诧异的是:刀一过去,这个人又完全地合为一人,没有受到丝毫损伤。连砍了几次,都是这样。后来姜子牙就用三昧真火来烧马善,结果不但没有烧死他,他还借着火势跑掉了。搞了半天,原来马善的原形也是一个火苗,是灵鹫山燃灯道人座前灯盏上面的火苗。他成精作怪，跑来帮殷郊打姜子牙。

《聊斋志异》里同样有这样的谐隐精怪小说，不过《聊斋志异》中的精怪小说不少篇幅都比较长，没办法引全文，这里提一个名篇——《黄英》。这是一篇讲菊花精怪的作品，黄英就是菊花黄色的花瓣，也是文中女主人公的名字，这个名字本身就暗示了她的原形。小说主人公马子才是个凡人，他嗜菊如命，听到什么地方有奇异的菊花品种，就一定不远千里去买来，种在自己家的花圃里。他去南京买菊花的时候，在路上碰到了一对陶姓姐弟，就是黄英跟她弟弟。陶这个姓暗示他们与陶渊明有关，和陶渊明一样有喜欢菊花的癖好，归根结底就是菊花的精怪变成了人。蒲松龄在小说里通过很多情节来暗示黄英姐弟两个是菊花精。黄英的弟弟，有两个特长，一个是豪饮，酒量大，另外一个是精于种菊之法，不管什么样的菊花，哪怕是快要干死的菊梗，到他手中，都能养活，而且能培育成奇花异种。黄英的弟弟之所以如此擅长种菊，正因为他本身就是菊花的精灵，黄英同样也很善于种菊。她弟弟有一次因为跟人喝酒喝得大醉，颓然倒地，变成了菊花，恢复了原形，马子才这才知道他就是菊花变的。后来他再次因为喝醉恢复原形，因为马子才很想知道他是怎么从花变成人的，就坐在旁边盯着看，他就没有办法再变成人了，就干死了。但是他姐姐黄英折下了一个干枯的菊梗，插到花盆里边，用酒浇灌，又把它养活了，只是它已经没办法再变成人。蒲松龄把谐隐精怪小说里边谐隐的技巧化入了小说的情节之中，这是他对谐隐精怪小说的一个很大发展。类似的写法在《聊斋志异》里还有很多，这里就不再多说了。

精怪小说还有一个问题，就是它主题思想的变化。比如人类中心主义意识逐步弱化，异类地位逐步上升，甚至超过人类；还有人类跟异类之间情感的变化，从畏惧警惕到互相爱慕；以及精怪小说成为对人类的批判手段，等等。这些也有很多例子，比如魏晋南北朝时期的《斑狐书生》（《搜神记》）、唐代的《任氏传》和《计真》（《宣室志》）、《申屠澄》（《河东记》）、《孙恪》（《传奇》），以及《聊斋志异》里的《小翠》和《婴宁》等，从中可以看出小说中人类跟精怪关系的逐步变化，精怪地位的逐步上升，以及通过塑造精怪人物来对人类的缺点进行批判等。限于篇幅，这里就不再多讲了。

接下来讲一下志怪传奇小说想象力的第二个主要表现。

2. 对人世之外时空的开拓：神境、仙境、冥府、地狱、梦境、幻境以及相对性的时空。

作为人类，我们生活在一个现实性的时空里边，但是志怪传奇小说开拓出了人世之外的其他时空。南朝梁代著名道士陶弘景，写过一本《真诰》，里面说"此幽显中都有三部，皆相关类也。上则仙，中则人，下则鬼"。在我们的宇宙里有三个不同的空间，这是陶弘景作为一个道士，他想象中宇宙的结构，就是天上、人间和地下。但是志怪和传奇小说所开拓的时空，远不止陶弘景所说的天上、人间、地下三个时空。除了神境，神住的空间，仙境，仙人的住处，以及冥间地府，也就是陶弘景说的地下空间外，还有地狱。地狱也可以说是冥府的一个组成部分，但是地狱这个空间并不是中国文化里原有的一种空间类型，而是从佛经被翻译进入中国以后带来的具有异域色彩的一个空间。另外还有梦境和幻境，这也是我们现实生活时空之外的时空，在志怪传奇小说里有很多精彩的表现。这里主要讲神仙之境和梦幻之境。

神仙之境在后来的小说里主要是指仙境，人长生不老，进入仙山洞府。神仙之境在中国的文学里有非常悠久的历史。比较早的仙境，《庄子》里就有了，"藐姑射之山，有神人居焉"。和庄子差不多同时，或者略晚，有本《穆天子传》，写到周穆王西行到了西王母的国度，大概指今天的新疆那一带，跟西王母有交往。"西王母"有人说是国家的名称，有人说是神仙的名字，不管是什么，可以把它视为一个仙境，但这个仙境写得比较简单。到了两汉的神仙题材小说里，对仙境有很多描写，《神异经》《十洲记》《洞冥记》里所表现的仙境都是在遥远的地方，都是普通人无法抵达的所在。比如《十洲记》里提到我们居住的世界之外有十个洲，它们出产很多神奇的物品，可能也有仙人住在里边，普通人没办法到这个地方去。两汉的志怪小说里，神仙之境非常遥远，不可企及。但到了魏晋南北朝，志怪小说里的神仙之境突然一下就被拉近了。这时候，一个凡人，一不小心就可以闯入仙境，跟神仙有交往。同时小说又通过神仙之境中生活的描写，表现出了与众不同的时空观念，即时空的相对性。

先看南朝刘义庆的《幽明录》,里面记载了好几个普通人闯入神仙之境的故事。这一时期的小说强调进入仙境不难,关键在于有没有机遇。比如《幽明录》记载的这个故事:

> 嵩高山北有大穴,晋时有人误堕穴中,见二人围棋。下有一杯白饮,与堕者饮,气力十倍。棋者曰:"汝欲停此否?"堕者曰:"不愿停。"棋者曰:"从此西行,有大井,其中有蛟龙,但投身入井,自当出。若饿,取井中物食之。"堕者如言,可半年,乃出蜀中。归洛下,问张华。华曰:"此仙馆。夫所饮者玉浆,所食者龙穴石髓。"

这个故事里还没有出现时空的相对性,《幽明录》里另有一篇很著名的"刘阮入天台"的故事:

> 汉明帝永平五年,剡县刘晨、阮肇共入天台山取榖皮,迷不得返,经十三日,粮食乏尽,饥馁殆死。遥望山上有一桃树,大

有子实,而绝岩邃涧,永无登路。攀援藤葛,乃得至上。各啖数枚,而饥止体充。复下山,持杯取水,欲盥漱,见芜菁叶从山腹流出,甚鲜新,复一杯流出,有胡麻饭糁,相谓曰:"此知去人径不远。"便共没水,逆流二三里,得度山,出一大溪,溪边有二女子,姿质妙绝,见二人持杯出,便笑曰:"刘、阮二郎,捉向所失流杯来。"晨、肇既不识之,缘二女便呼其姓,如似有旧,乃相见忻喜。问:"来何晚邪?"因邀还家。其家铜瓦屋,南壁及东壁下各有一大床,皆施绛帐,帐角悬铃,金银交错。床头各有十侍婢,敕云:"刘、阮二郎,经涉山岨,向虽得琼实,犹尚虚弊,可速作食。"食胡麻饭、山羊脯、牛肉,甚甘美。食毕行酒,有一群女来,各持五三桃子,笑而言:"贺汝婿来。"酒酣作乐,刘、阮忻怖交并。至暮,令各就一帐宿,女往就之,言声清婉,令人忘忧。十日后,欲求还去,女云:"君已来是,宿福所牵,何复欲还邪?"遂停半年。气候草木是春时,百鸟啼鸣,更怀悲思,求归甚苦。女曰:"罪牵君,当可如何?"遂呼前来女子有三四十人,集会奏乐,共送刘、阮,指示还路。既出,亲旧零落,邑屋改异,无复相识。问讯得七世孙,传闻上世入山,迷不得归。至晋太元八年,忽复去,不知何所。

当刘晨、阮肇两人从仙境回来的时候,他们所生活的地方发生了沧桑巨变,村庄里没有一个认识的人了,这时离他们进入仙境时已经过去了七世,但他们感觉在山里也就过了半年而已,这就是所谓的仙境半年,人间七世。这种相对性的时间感形成了一个故事原型,后来的小说里反复出现这一原型。

南北朝时期的志怪小说里,还有类似的故事。南朝梁代任昉的《述异记》中记载了一个更有名的故事,这个故事后来成为诗歌里常用的典故:

信安郡石室山,晋时王质伐木至,见童子数人棋而歌,质因听之。童子以一物与质,如枣核,质含之不觉饥。俄顷,童子谓曰:"何不去?"质起视,斧柯尽烂,既归,无复时人。

信安郡在今天的浙江衢州。进入仙境的故事中，总有神仙给凡人食物的情节，这里吃的是一种像枣核的食物。吃了这个，就不觉得饿。王质在仙境才呆了"俄顷"，就是才过了一小会儿，童子就跟他说：你怎么还不走？王质恍然惊悟，站起来一看，发现他的斧头的斧柄都已经腐烂了。时间已经过去了很久。这个地方有一个很有意思的对比，王质本身是一个普通人，他的斧柄也是普通的木头，斧柄烂了，但王质并没有变老，也没有死去。等他回到家里，已经见不到一个当年的人了，他们全都已经死了。这也是山中俄顷之间，外界已经过了不知几世，这个故事后来成了一个很著名的典故——烂柯山，比如唐代著名诗人刘禹锡的名句"到乡翻似烂柯人"就用了这个典故。钱锺书先生在《管锥编》里边曾经专门解释过这种"山中一日，人间千载"情节的心理上的动机。所谓"快乐"，就是欢乐的时光过得特别快，而痛苦的时光度日如年。神仙世界里过得太快乐了，过一千年也只觉得过了一天，根本就不觉得有多久。而人世的生活没有仙境快乐，所以过得比仙境要慢。如果到了阴曹地府十八层地狱里，上刀山下火海，一刻就是千年，所以阴曹地府里的时间就比人世过得更慢了①。

这种时空的相对感，唐代的小说里同样有很精彩的表现。牛僧孺《玄怪录》里，有一篇很有意思的小说，叫《张左》，这个故事比较长，这里只引其中很神异的一段情节：

> 汝前生梓潼薛君胄也，好服木蕊散，多寻异书，日诵黄老一百纸，徙居鹤鸣山下，草堂三间，户外骈植花竹，泉石萦绕。八月十五日，长啸独饮，因酒酣畅，大言曰："薛君胄疏澹若此，何无异人降止？"忽觉两耳中有车马声，因颓然思寝，才至席，遂有小车，朱轮青盖，驾赤犊出耳中，各高二三寸，亦不知出耳之难。车有二童，绿帻青帔，亦长二三寸，凭轼呼御者，踏轮扶下，而谓君胄曰："吾自兜玄国来，向闻长啸月下，韵甚清激，私心奉慕，愿接清论。"君胄大骇曰："君适出吾耳，何谓兜玄国来？"二童子曰："兜玄国在吾耳中，

---

① 此处参考了石昌渝《中国小说源流论》第三章第二节中"志怪小说"这一小节的有关论述。三联书店1994年版，第132页。

君耳安能处我?"君胄曰:"君长二三寸,岂复耳有国土!倘若有之,国人当尽焦螟耳。"二童曰:"胡为其然!吾国与汝国无异,不信,盍从吾游?或能使留,则君无生死苦矣。"一童因倾耳示君胄,君胄睨之,乃别有天地,花卉繁茂,甍栋连接,清泉翠竹,萦绕香甸。因扪耳投之,已至一都会,城池楼堞,穷极瑰丽。君胄彷徨,未知所之,顾见向之二童已在侧,谓君胄曰:"此国大小与君国?既至此,盍从吾谒蒙玄真伯。"……

这里出现了十分奇特的嵌套空间:两童子出自薛君胄耳中,却又带薛君胄去了童子自己耳中的国度——兜玄国。薛君胄在兜玄国大概待了几个月,思乡心切,里面的人就把他轰出来了,他就从童子耳中掉了下来,发现自己还趴在那儿睡觉呢。他感觉就在兜玄国待了几个月,但是一问他的邻居们,邻居们说,我们不见你已经有七八年了。这表现的就是时间的相对性。

我们再来看看小说中空间的相对性。在志怪小说里边,空间也有特别奇异的表现,大大超出了我们的一般想象。梁朝吴均的《续齐谐记》中有一篇特别著名的作品《鹅笼书生》：

> 阳羡许彦于绥安山行，遇一书生，年十七八，卧路侧，云脚痛，求寄鹅笼中。彦以为戏言，书生便入笼，笼亦不更广，书生亦不更小。宛然与双鹅并坐，鹅亦不惊。彦笼而去，都不觉重。前行息树下，书生乃出笼谓彦曰："欲为君薄设。"彦曰："善。"乃口中吐出一铜奁子，奁子中具诸肴馔。……酒数行，谓彦曰："向将一妇人自随。今欲暂邀之。"彦曰："善。"又于口中吐一女子，年可十五六，衣服绮丽，容貌殊绝，共坐宴。俄而书生醉卧，此女谓彦曰："虽与书生结好，而实怀怨，向亦窃得一男子同行，书生既眠，暂唤之，君幸勿言。"彦曰："善。"女子于口中吐出一男子，年可二十三四，亦颖悟可爱，乃与彦叙寒温。书生卧欲觉，女子口吐一锦行障遮书生，书生乃留女子共卧。男子谓彦曰："此女虽有情，心亦不尽，向复窃得一女人同行，今欲暂见之，愿君勿泄。"彦曰：

"善。"男子又于口中吐一妇人,年可二十许,共酌戏谈甚久,闻书生动声,男子曰:"二人眠已觉。"因取所吐女人还纳口中,须臾,书生处女乃出,谓彦曰:"书生欲起。"乃吞向男子,独对彦坐。然后书生起谓彦曰:"暂眠遂久,君独坐,当悒悒耶?日又晚,当与君别。"遂吞其女子,诸器皿悉纳口中,留大铜盘可二尺广,与彦别曰:"无以藉君,与君相忆也。"彦太元中为兰台令史,以盘饷侍中张散;散看其铭题,云是永平三年作。

这个故事里的空间感令人难以想象,鹅笼装了一个书生,鹅笼不变大,书生不变小;书生口中又吐出一个女子,女子口中又吐出一个男子,男子口中又吐出女子,但他们竟然都还是正常人的大小。这种空间的相对感,跟通常我们理解中的空间感很不一样。这种空间的观念在中国传统文化里是没有的,应该是来源于佛教,从翻译成汉文的佛经里边可以找到这样的故事。比如说,三国吴康僧会翻译的《杂譬喻经》里边就记载了一个"梵志吐壶"的故事:

> ……时道边有树，下有好泉水，太子上树，逢见梵志独行，来入水池，浴出饭食，作术吐出一壶，壶中有女人，与于屏处作家室，梵志遂得卧。女人则复作术，吐出一壶，壶中有年少男子，复与共卧已，便吞壶。须臾，梵志起，复内妇着壶中。吞之已，作杖而去。……（《旧杂譬喻经》卷上第十八则）

晋人荀氏的《灵鬼志》中也记载了一个类似的故事，还能看出来自佛经的痕迹，其时代比吴均的《续齐谐记》要早一点[①]。《鹅笼书生》的情节跟它们完全一样，只不过它的背景、人物、情节、里面的器物都已经中国化。这种故事背后隐含的观念是佛教的一种哲理，讲起来就比较复杂了，这里只能简单说一下。后秦鸠摩罗什翻译了一部《维摩诘所说经》，文学性很高，对中国文学的影响也十分深远。唐朝著名诗人王维，字摩诘，他的名和字都是从这个经的名字而来。《维摩诘所说经》里有一段很著名的故事，说维摩诘

---

① 此处参考了鲁迅《中国小说史略》第五篇"六朝之鬼神志怪书（上）"，人民文学出版社1973年版，第37页。

在他的精舍里边跟诸菩萨讲经，这些菩萨们没有座位，维摩诘就施展他高超的佛法，从须弥相世界借来了三万二千把椅子。这些椅子有多大呢？它们的宽度和高度是八万四千由旬，由旬是古代印度的长度单位，一由旬大约十公里，十公里再乘以八万四千，应该是八十四万公里，八十四万公里高和宽的椅子，他借了三万二千把摆在精舍里，让这些听他讲经的菩萨们坐。这个时候维摩诘的精舍没有变大，大家也没觉得这个地方变窄了，这个情节跟前面所引志怪小说的情节很类似，有一个菩萨舍利弗就说了："居士，未曾有也！如是小室，乃容受此高广之座，于毗耶离城无所妨碍，又于阎浮提聚落、城邑，及四天下、诸天、龙王、鬼、神宫殿，亦不迫迮。"他问的是：这么小的地方，放这么多高大的椅子，却并不让人觉得空间变得拥挤了，这是为什么呢？维摩诘就用了很长的一段话来加以解释：

> 唯，舍利弗！诸佛菩萨，有解脱名不可思议，若菩萨住是解脱者，以须弥之高广内芥子中无所增减，须弥山王本相如故，而四天王、忉利诸天，不觉不知己之所入，唯应

度者乃见须弥入芥子中,是名不可思议解脱法门。又以四大海水入一毛孔,不娆鱼鳖鼋鼍水性之属,而彼大海本相如故,诸龙鬼神阿修罗等,不觉不知己之所入,于此众生亦无所娆……十方众生供养诸佛之具,菩萨于一毛孔,皆令得见。又十方国土所有日月星宿,于一毛孔,普使见之。又舍利弗!十方世界所有诸风,菩萨悉能吸著口中,而身无损,外诸树木,亦不摧折。又十方世界劫尽烧时,以一切火内于腹中,火事如故,而不为害。又于下方过恒河沙等诸佛世界,取一佛土,举著上方,过恒河沙无数世界,如持针锋举一枣叶,而无所娆。……(《维摩诘所说经·不思议品第六》)

维摩诘说,当你达到了一个不可思议的解脱境界之后,就可以须弥纳芥子,把须弥山放在芥子中。须弥山是佛教传说里一个世界中心的巨大高山,芥子是特别细小的一种植物种子。把巨大的须弥山放到细细的芥子里边,芥子能够容纳,芥子没有变大,须弥山也没有变小,须弥山上生活的天王、菩萨也不觉得自己所在的须弥山被放到了一个芥子里边。你修为到了，就能达到这个不可思议的境界。这段话又说四大海水可以放到一个毛孔里边，海里边的鱼虾鼋鼍在里边仍然畅游无阻，海水的本相如故，等等。他阐述了这种很奇特的空间观念。那这种观念我们又该如何来理解呢？

在唐宋时期的禅宗语录里，对此有过一个解释。如《宋高僧传》卷十七记载智常禅师答李渤问：

> 李（渤）问曰："教中有言'须弥纳芥子，芥子纳须弥'，如何芥子纳得须弥？"（智）常曰："人言博士学览万卷书籍，还是否耶？"李曰："忝此虚名。"常曰："摩踵至顶只若干尺身，万卷书向何处着？"李俯首无言，再思称叹。

我们常说一个人读万卷书，一万卷书那么多，你把它们放在哪里呢？放在你的脑子里、你的肚子里，但你的脑袋和肚子那么小，怎么放得下一万卷书？禅师的这个比方李渤听懂了，但不知你听懂了吗？

最后,我再简单讲一下梦幻之境。

从六朝、隋唐,一直到蒲松龄的志怪传奇小说,梦境和幻境有时候难以区分,也就是说,小说主人公到底是在梦境里,还是在幻境里,有时候我们分不清。志怪传奇小说里大量地写梦境和幻境,想要表达的主题思想,就是人生如梦,主要也还是佛经里边反复讲的色空思想的形象化表达。志怪传奇小说围绕这四个字做了很多精彩的文章,产生了很多的名篇佳作。比如《太平广记》引《幽明录》的"焦湖庙祝"就是一个短小隽永的代表作:

> 焦湖庙有一柏枕,或云玉枕,枕有小坼。时单父县人杨林为贾客,至庙祈求。庙巫谓曰:"君欲好婚否?"林曰:"幸甚。"巫即遣林近枕边,因入坼中,遂见朱门琼室,有赵太尉在其中,即嫁女与林。生六子,皆为秘书郎。历数十年,并无思归之志。忽如梦觉,犹在枕旁,林怆然久之。

杨林在这个枕中天地里过了数十年,生儿育女,享尽荣华富贵，突然一下醒过来，发现只是做了很短的一个梦，所以他觉得怆然久之，特别惆怅，这就是人生如梦。

由短小的作品开始，中国文言小说里后来就出现了很多特别精彩的、特别有名的写梦境与幻境的名作，最有名的就是唐朝沈既济的《枕中记》和李公佐的《南柯太守传》，这也是中国古代小说里最有名的两个梦，《枕中记》是写黄粱一梦，《南柯太守传》是写南柯一梦。明朝的汤显祖将《枕中记》和《南柯太守传》改编成了戏曲，把简短的一个故事扩张成数十倍于小说长度的戏曲作品，故事的内容就变得更丰富、更细腻、更饱满了。

《枕中记》讲的是一个年轻人卢生，总觉得人生不适意。对于唐朝的读书人来说，能够做到出将入相，"列鼎而食，选声而听"，人生才算是适意的了。他在家附近的客店里碰到了一个姓吕的老翁——后来讹传变成了吕洞宾——这个吕翁也是随身带着一个枕头，他让卢生枕着枕头睡一觉。卢生枕着枕头，进到了梦里，新的人生就此开始了，之后一段很长的文字都是按照历史传记的写法来写的，不像"焦湖庙祝"寥寥数字就给人打发了。卢生入梦之后的人生,简单地概括就是出将入相。他在梦里实现了他人生的最高理想,也是唐朝每一个读书人心目中的最高理想。梦里也经历了宦海风波,但有惊无险,活到了八十岁,终于走到人生的终点,在梦里边死了,但梦里死去的那一瞬间,现实里的他醒来了,醒来之后小说特别强调了一个细节,说他入梦的时候,客店主人正把黄粱米(小米)淘好了放到锅里去煮,卢生从梦中醒来之后,主人的黄粱米还没有煮熟,所以说是黄粱一梦。他在梦里历尽了起伏跌宕的漫漫人生,在现实生活里却连煮一顿饭的工夫都不到。卢生从梦里醒来,也跟杨林一样怆然久之,不过因为他经过了那么一个完整的特别真实的梦里人生,他也确确实实地觉得人生真的就像一场梦,所以他特别感激吕翁,说现在我再也不觉得生活不适意了,您让我懂得了人生的穷通之理、死生之命。

《南柯太守传》就不再细说了,它是把主人公淳于棼梦里的人生经历变成了大槐树一个树洞中蚂蚁国度中的经历,淳于棼同样经历了荣华富贵的人生,经历了生死和盛衰,最后从梦中醒来之后,他也把人生看透,出家为道。这个故事跟

《枕中记》还有点不一样，里边有一个相对主义的思想，把很小的蚂蚁王国跟我们很大的人世、把人生一世跟短暂的梦境做了比较，告诉我们熙熙攘攘的人世有时也不过是一个蚁穴，而忙忙碌碌、追名逐利的人生有时不过就像一场梦一样。

像这种小说构思的模式，到了蒲松龄的《聊斋志异》仍在使用。《聊斋志异》中有一篇很有名的小说《续黄粱》，是对《枕中记》的改编再创作。这就让我们看到，即使相同的情节套路，在天才作家笔下，仍然会历久弥新。《续黄粱》的主人公曾孝廉，刚刚考中进士，人生得意，特别狂妄自负。他和几个朋友到庙里游玩，庙里一个算命先生说他有二十年太平宰相的份儿。这也是当时明清读书人的最高理想，曾孝廉听说自己将来要做二十年太平宰相，更加踌躇满志，不可一世。此时突然下起了大雨，他们只好在庙里躲雨，在等雨停的时候，曾孝廉昏昏欲睡，结果就沉沉入梦了。梦里边果然皇帝派人来下诏书任命他做宰相。做了宰相后，他就开始飞扬跋扈、滥用职权、为所欲为、穷奢极侈，干尽了各种坏事。因为皇帝宠幸，尽管很多人弹劾他，他也一直没倒，最终弹劾的人越来越多，皇帝终于下令将他治罪，充军云南。充军云南的途中碰到了强盗，强盗就把他杀了。他死了之后来到了阎王殿，阎王爷说要根据这个人在世的所作所为，首先决定在地狱里是否要受苦，再去投胎转世，变成人或变成动物。地府里记载曾孝廉干的全都是坏事，就下油锅烹煮，上刀山宰割，受尽了地狱里种种酷刑的折磨，最后罚他投胎转世到一个特别穷的人家，做了一个女人，到十四岁的时候嫁给了一个穷秀才做妾。一天晚上，强盗把秀才给杀了，秀才的大老婆就告到官府说是这个妾勾结强盗把丈夫杀了，官府就把她抓去，严刑拷打，屈打成招。这个时候曾孝廉觉得万分悲愤，觉得阴曹地府十八层地狱也没有自己经历的这么冤苦，不禁愤懑填胸，在梦里就大嚷起来。旁边避雨的朋友听见了，知道他做噩梦，就把他喊醒了。曾孝廉恍然惊醒之后，发现自己原来是做了一个梦，醒来之后他浑身都是冷汗，想要做宰相的心立刻涣然冰释。

蒲松龄的改编跟《枕中记》《南柯太守传》不完全一样，既有相似，也有不同。《枕中记》和《南柯太守传》只不过是让唐朝这些还算有正常追求的读书人不要太急躁，给他们泼一盆凉水，打消这种过于躁进的心态。到了蒲松龄的《续黄粱》，就不是劝诫了，而是讽刺、批判、针砭进入了官场的这些人，在勃勃野心驱使之下，干尽为非作歹之事。干尽坏事的结果如何？每个人总有一死，死了之后进入阴曹地府投胎转世六道轮回之前有审判，你在人世做的一切都是要折罪受罚的。蒲松龄的《续黄粱》的基调就跟唐人明显不一样了，带有了一种道德极端主义色彩的批判和针砭。同样的构思，同样的情节，但内容完全不同，主题思想也不太相同了。

中国的文言小说史上，相距一千多年的这些情节和母题，在不同作家的笔下被借鉴、被改编、被激活，仍然可以激发出历久弥新的活力，而且今天也仍然能激活我们的想象力。此后中国古典小说这一系统终结以后，写文言小说的作家越来越少，在相当长的时间里，古典小说史上志怪传奇的非写实性的这一路，基本上就中断了，很长一段时期提倡现实主义的写作方向。但时过境迁，今天更年轻一辈的作家又重新把目光投向古典小说里如此悠久、如此宝贵的一笔文学财富。我们的网络小说里不少奇幻小说的素材，很多就是从古代志怪传奇小说里边汲取而来的。有的可能是一种改编、翻译,有的则是很精彩的再创作。对于中国古典志怪传奇小说的再创作,日本做得特别好,日本志怪传奇小说或者说怪谈文学的传统,也有很多来自于中国的文言志怪传奇小说。这是一个更大的话题,这里不多说了。

本文收入《风雅·风骨·风趣:中国古代文学名家名篇》(北京大学出版社,2019年),本次出版又有增补删改。

出版说明

"新编历史小丛书"承自20世纪60年代吴晗策划的"中国历史小丛书",其中不少名家名作已经是垂之经典的作品,一些措辞亦有写作伊初的时代特征。为了保持其原有版本风貌,再版过程中不做现代汉语的规范化统一。读者阅读时亦可从中体会到语言变化的规律。

新编历史小丛书编委会

图书在版编目（CIP）数据

志怪与传奇 / 李鹏飞著． — 北京：北京人民出版社，2022.12
（新编历史小丛书）
ISBN 978-7-5300-0580-4

Ⅰ.①志… Ⅱ.①李… Ⅲ.①志怪小说—小说研究—中国—古代 ②传奇小说—小说研究—中国—古代 Ⅳ.①I207.41

中国版本图书馆 CIP 数据核字（2023）第 003971 号

责任编辑　王铁英
责任营销　猫　娘
责任印制　陈冬梅

新编历史小丛书
志怪与传奇
ZHIGUAI YU CHUANQI
李鹏飞 著

出　　版	北京出版集团公司 北京人民出版社
地　　址	北京北三环中路6号
邮　　编	100120
网　　址	www.bph.com.cn
总 发 行	北京出版集团公司
印　　刷	北京汇瑞嘉合文化发展有限公司
经　　销	新华书店
开　　本	880毫米×1230毫米　1/32
印　　张	4.5
字　　数	65千字
版　　次	2022年12月第1版
印　　次	2022年12月第1次印刷
书　　号	ISBN 978-7-5300-0580-4
定　　价	24.80元

如有印装质量问题，由本社负责调换
质量监督电话　010-58572393